ミステリなふたり
あなたにお茶と音楽を

愛知県警捜査一課内で広く敬われながらも同時に恐れられている、通称“氷の女王”こと京堂景子警部補。ずば抜けた捜査能力と体術で犯人を追い詰めるクールビューティーな姿は、新人刑事・築山瞳にとって密かな憧れであり目標だ。そんな京堂警部補は、自宅に着いた途端に叫んだ――「ただいまあ。ねえ新太郎君、お腹空いたあ」「お帰り。今ご飯作るから」職場では鋼鉄の刑事、だが家では年下のダーリンにデレデレの景子さんと、イラストレーター兼主夫として妻を支えながら安楽椅子探偵の才能も発揮する新太郎君の名コンビによる謎解き七編！

ミステリなふたり

あなたにお茶と音楽を

太　田　忠　司

創元推理文庫

DU THÉ ET DE LA MUSIQUE, POUR VOUS

by

Tadashi Ohta

2018

目次

ミステリなふたり

あなたにお茶と音楽を

一曲目——白い恋人たち

他のひとはどうなのかわからないけど、私にとって音楽と香りの間には密接な繋《つな》がりがある。ある音楽を聴くと過去に出会った香りを感じることがあるし、逆にある香りを嗅ぐと脳裏に昔聴いたメロディが甦ってくることもある。

先日もこんな経験をした。穏やかに暖かな午後、キッチンでタブラティー——ティーカップに少しだけラムを垂らし、ダージリンを注いだもの——を飲もうとしたときのことだ。カップを口許に持っていったとき、紅茶とラムの馥郁《ふくいく》とした香りが鼻から肺へと広がっていった。その瞬間、頭の中にある旋律が湧き上がってきた。

あれ？　この曲、何だったっけ？

すぐには思い出せなかった。何度も何度も頭の中でリフレインする曲に記憶を振り絞って答えを見つけようとした。

そして、不意に思い出したのだ。

「白い恋人たち」

途端にイントロのストリングスから曲が再生されはじめた。そしていくつもの情報が溢れだしてくる。作曲したのはフランシス・レイ。一九六八年にフランスのグルノーブルで行われた冬季オリンピックの記録映画『白い恋人たち』のメインテーマ曲。映画の原題は「13 Jours en France」つまり「フランスの十三日間」。

でもどうしてタブラティーと「白い恋人たち」が繋がったのだろう？　私はカップを手にしたまま、しばらく考え込んだ。

こうして自分の記憶を遡《さかのぼ》るのは、なかなか楽しい作業だ。思い出をしまい込んだ抽斗《ひきだし》を片っ端から開けて中を覗き込み、目当てのものを探す。多くの場合、答えに辿り着けないのだけど、それはそれでいい。思い出そうとすることが楽しいのだ。

今回の場合、幸いにも思い出すことができた。あれは十年くらい前だっただろうか。頂き物の紅茶が正直あまり美味《おい》しいものではなかった。でもせっかく頂いたものだから無下にすることもできず、何か手を加えれば美味しくなるかもと、ラムを垂らしてみたのだ。

結果としては、あまり芳《かんば》しいものではなかった。ラムの香りを添えても美味しくない紅茶は美味しくならなかった。少し、いや、かなりがっかりしながら満足できないタブラティーを啜《すす》った。

その紅茶をくれたのは、学生時代からの古い友人だった。私のことをなにくれとなく面倒を見てくれて、いつも一緒にいてくれた。その友人がいなかったら、私の学生生活はうんと暗く、味気ないものになっていただろう。いつも楽しげで、お喋りで、行動力のあるひとだった。

私が一度だけ映画館に足を踏み入れたのも、その友人の誘いがあったからだった。尻込みをする私を半ば強引に連れていき、座席に座らせた。

そのとき上映されていたのが『白い恋人たち』だった。あのテーマソングだけは深く心に刻み込まれ、しばらくは折に触れて思い出すことがあった。しかしそれも時の流れの中で忘れかけていた。それを紅茶とラムの香りが思い出させてくれたのだ。

十年前に飲んだタブラティー。それは私を映画館へと誘ってくれた掛け替えのない友人の葬儀があった後、香典返しとして頂いた紅茶で淹れたものだった。彼女からの最後の贈りもの。あんなに活発だったのに不意の病で逝《い》ってしまった友人を思いながら、あの日の夜は「白い恋人たち」を聴いた。

今日も聴こう。友人の笑い声と、映画館の座席の感触を思い出しながら。

1

二月も半ばを過ぎた朝のことだった。その日はひどく寒かった。名古屋で最低気温がマイナス五度になるというのは、滅多にないことだ。おまけに前夜からの雪が二十センチ近く降り積もっている。

その寒さの中、築山瞳《つきやまひとみ》は白い息を吐きながら路上に立っていた。

周囲にはすでに数人の男たちがやってきている。瞳がつい最近まで所属していた鑑識の人間たちだ。彼らは積雪に足を取られながらも自分たちの仕事を始めていた。

瞳は道路に眼を向ける。彼女が待っている人物は、まだ到着しない。

瞳が愛知県警捜査一課に配属されてから、まだそれほど日は経っていない。今回の現場はもちろん刑事として臨場しているのだが、気持ちはまだ鑑識員の頃のものを引きずっているように思う。早く気持ちを切り換えなければ。

もうひとつ、長く白い息を吐く。そしてこれまでにわかっていることを頭の中で整理した。もちろん、必要なときに的確に報告するためだ。

ここは名古屋市昭和区白金、名古屋高速大高《おおだか》線と都心環状線が交わるあたりだ。「白金」は「しろがね」ではなく「しらかね」と読む。いや、そんな蘊蓄《うんちく》は不要だ。

今朝の午前五時十分過ぎ、まだ陽の昇らない中を自転車で走っていた佐山敏弥《さやまとしや》という新聞配達員が、いつもどおり契約した家のポストに朝刊を投げ入れた後、次の家へと移動しようとして隣の土地に眼をやった。そこはつい二週間前まで古い一軒家が建っていたのだが、独り暮らしだった老人が亡くなって家が取り壊され、何もない空き地となっていた。雪はその空き地にも降り積もり、一面が薄暗闇の中で白く浮かび上がって見えた。

そのとき、佐山の眼は奇妙なものを捉えた。雪原のようになっている空き地の中央あたりに、こんもりとした山ができている。

佐山は眼を凝《こ》らした。昨日見たとき、ここは何もない真っ平らな更地だった。何かがそこにある。

気になった彼は空き地に足を踏み入れ、その山に近付くと常備している懐中電灯で照らしてみた。山の端から何かが覗いている。眼を凝らした佐山は次の瞬間、悲鳴をあげて尻餅をついた。

照らしだされていたのは人間の手だった。

佐山は転がるように空き地を飛び出し……いやいや、見てもいないのにこんな描写は不必要だ。もっと客観的に伝えなければ。

瞳がそう自分に言い聞かせていると、サイレンの近付いてくる音がした。見ると愛知県警のパトカーが一台、目の前に停まるところだった。

ドアが開き助手席から若い男が、そして後部座席から年輩の男がそれぞれ出てくる。どちらも顔馴染だった。瞳は緊張する。縮こまっていた背筋も無意識に伸びた。最後に車から出てくる人物を待ち構える。

そのひとは後部ドアからゆっくりと出てきた。まず黒い短靴と黒いパンツに包まれた足が見え、それから上半身が出てくる。身に着けているのは焦げ茶色のトレンチコートだ。そうした服装であってもスタイルの良さはよくわかる。ショートの髪の下に強い意志を窺《うかが》わせる凜々《りり》しい顔。立ち姿は力強く、今朝の空気のように清冽だった。

ほっ、と何度目かの息を吐く。そして瞳はあらためて姿勢を正し、敬礼した。

「おはようございます。京堂《きようどう》警部補」

彼女の一言で誰が到着したのかわかったのだろう。その場にいる捜査員たちの間にも緊張が走った。

「あ、簗山ちゃん、早いね」

声をかけてきたのは助手席から降りてきた若いほうの刑事――生田《いくた》だった。

「それにしても寒いなあ、今日は。何もこんな日に事件なんて起きなくていいだろうに。ねえ、間宮《まみや》さん？」

呼びかけられた年嵩《としかさ》の刑事――間宮警部補は顰《しか》め面で、

「たしかに寒いがよ、そんなこと言っとれせんだろうが。事件は待ってくれんに」

「そうですけどねえ、でも――」

言いかけた生田の声が途絶えた。今朝の外気のような、いや、それ以上に凍てつく視線が彼の無駄口を封じたのだ。

その視線の主、京堂警部補が瞳の前に立った。

「報告を」

「あ、はい」

瞳は緊張と寒さで強張《こわば》る口の筋肉を心の中で叱咤《しった》しながら、シミュレートしたとおりにこれまでわかっていることを報告した。彼女を見つめる京堂警部補の視線に生田刑事を窘《たしな》めたときのような冷たさはなかったものの、受け止めて返すには並々ならぬ気力を必要とした。

「――以上が、現在までにわかっていることです。後は鑑識の結果を待ちたいと、いえ、待つことになります」

内心焦りを感じながら報告を終えた。瞳は上司の反応を待つ。

「第一発見者の佐山敏弥は、まだいるか」

「今は朝刊の配達に行っています。担当分の配達を終えたら、またここに戻ってきてもらうことになっています。新聞配達所にも連絡を入れて、佐山が間違いなくそこの配達員であることは確認しています。住所等連絡先も控えてあります」

「周辺住民への聞き込みは？」

「まだ本格的には始めていません。ただ現場であるこの空き地の周囲に建つ家の住民に関しては簡単な確認をしています。西側の住宅に住んでいるのは筑波省一《つくばしょういち》と美弥子《みやこ》夫妻。夫の省一氏は出勤したので、現在は美弥子さんだけ在宅です。省一氏の出勤前に夫妻に尋ねたところ、昨夜は特に隣の空き地で異変を感じるようなことはなかったそうです。東側の住宅には野宮貞治《のみやていじ》と若江《わかえ》夫妻。夫の貞治氏のみ在宅です。貞治氏もおかしなことはなかったと証言しています。空き地の北側には隅田《すみだ》和也《かずや》と妻の舞華《まいか》、ひとり息子の大雅《たいが》の三人家族が住む住宅があります。一家全員それぞれ出勤、登校しており、今は無人です。こちらも出かける前に尋ねましたが、異状は認識していなかったとのことでした」

「すごいなあ、もうそんなに調べたの？」

感心したように言ったのは、生田だった。

「すごいね簗山ちゃん」

「わたしひとりで調べたのではありません。昭和署の方々と一緒に捜査したことをまとめただけです」

「それにしても、よお頑張っとるな」

間宮が言った。

「生田、おまえよりずっと有能だで」

「いやだなあ。俺の仕事が無くなっちゃうじゃないですか」

思わず頬が緩みそうになったが、すぐに気付いて自重した。危ない、雰囲気に呑まれるところだった。瞳は目の前の京堂警部補だけを見た。

「わかった」

京堂警部補はそれだけ言って、現場に向かった。

瞳は内心ほっと安堵する。まだ下について日も浅いが、京堂警部補のやりかたはわかってきた。怒られなければ、その仕事は上出来ということだ。自分も後について空き地に入った。

三十坪ほどの広さの土地だった。かつて家が建っていたとは思えない、完全な更地だ。そこに今、雪が積もっている。

中央あたりに五人ほどの鑑識員がいて、それを取り囲んでいる。覆い被さっていた雪は取りのけられ、全身が見えていた。

遺体は、ふたつあった。

ひとりは男性。顔ははっきり見えないが十代後半から二十代くらいで、赤いダウンジャケットに青いジーンズ、頭にはやはり赤いニットキャップを被っている。体型はわかりにくいが、そんなに太ってはいないようだった。

もうひとりは女性で、やはり十代後半から二十代くらいだろうか。ピンクのダッフルコートに黒いパンツ姿だった。髪は長く胸のあたりまである。整った顔立ちで、顎の小さな黒子《ほくろ》が蠱惑的に見えた。

女性は仰向けに倒れていて、男性はその上に覆い被さるように俯せになっている。そして男の右手と女の左手が握り合わされていた。

「恋人つなぎかあ」

生田が言った。

「こいびとつなぎ？　何だそれ？」

間宮が尋ねる。

「ほら、あの手の繋ぎかたですよ。指と指を絡ませて」

「ふうん、そういう名前が付いとるのか」

「このふたり、恋人同士なんでしょうね。雪に埋もれた白い恋人たちかあ。なんかロマンチック——」

「生田」

声は、その場にいるもの全員の心臓に冷たい一突きを与えた。

「いつまで経っても憶測と妄想を垂れ流す癖は直らないのか」

「あ……すみません！」

生田は棒を呑んだように体を硬直させる。

「ロマンチックとは、到底言えん状況だわな」

間宮が呟く。まったくもってそのとおり、と瞳は心の中で頷いた。

「たしかにロマンチックではありませんね」

そう言ったのは遺体を検分していた鑑識員だった。

「女性のほう、喉に扼痕《やくこん》があります。恐らくは他殺ですね」

瞳は遺体を覗き込んだ。たしかに頸部《けいぶ》に教科書どおりの痕が残っている。

「男のほうは？」

京堂警部補が尋ねる。

「この体勢ではなんとも言えませんが、目立った外傷もなく首のまわりにも痕跡らしきものは見当たりませんね。ただ、男性のコートのポケットから、こんなものが見つかりました」

鑑識員はビニール袋に入れたものを見せた。薬をパックしている包装材だ。

「薬をプラスチックとアルミで挟んだ、いわゆるＰＴＰシートというやつです。薬はないので全部飲みきったようですね」

鑑識員はシートに記されている名前を読み上げた。

「しかし何の薬だか私の記憶には――」

「それ……バルプロ酸ナトリウムです」

瞳は咄嗟《とっさ》に答えていた。

「抗痙攣《けいれん》作用があり、引きつりや痙攣を起こす病気の治療に使われます。同時に中枢神経の働きを抑えて眠りに導く睡眠剤としても使われます」

「詳しいのか」

京堂警部補に訊かれ、瞳は答えた。

「以前、薬の勉強もしました」

「このシート全部の薬を飲んだら、どうなる？」

「前後不覚に眠り込んでしまうと考えられます」

「この寒さの中でそんなもの飲んだら、お陀仏《だぶつ》だわな」

間宮が言った。

「男のほうは、自殺か。となると……」

「無理心中ですかね」

生田が言葉を引き継いだ。

「男は女を殺して、自分は薬を飲んだ」

「ふたりの身許は？」

京堂警部補が再び鑑識員に尋ねる。

「ふたりとも学生証を持っていました。男のほうは坂本伸也《さかもとしんや》二十歳。女は寺坂由宇《てらさかゆう》二十一歳。どちらも同じ大学の学生です」

「身許照会は、もう始めています」

そう答えたのは、鑑識員と一緒にいた昭和署の刑事だった。

「学生証の記述によると寺坂由宇の住所は天白区《てんぱく》植田。坂本伸也のほうは昭和区白金、この町内のアパートに住んでいるようです」

「坂本のアパートに誰か向かわせたか」

「いえ、これからです。坂本さんが携帯していたウエストポーチから鍵が見つかりましたので、これから捜索するつもりでした」

刑事が言うと、

「築山、一緒に行け」

京堂警部補が指示した。

「はい」

瞳は昭和署の刑事と一緒に現場を離れた。

坂本伸也が住んでいたアパートは現場から歩いて五分ほどのところにあった。まだ新しいようで、外壁のクリーム色には染みひとつなかった。

「ここの二階、二〇二号室が坂本の部屋です」

竹田《たけだ》という名の瞳より十歳ほど年上らしい刑事が言った。ふたりで階段を上がる。

二〇二号室のドアには表札など、住人の身許を明かすようなものはなかった。しかし坂本が持っていた鍵を使ってみると、ドアはすんなりと開いた。

入ってすぐがキッチン、その奥に六畳ほどの部屋がある。中は意外に片付いていた。丁寧に掃除しているのか、塵も落ちていない。衣服もきちんと衣装ケースに収められていた。

「几帳面な性格らしいな」

竹田が呟く。瞳は室内を見回した。置かれているのはベッドとテーブルとテレビだけ。テーブルの上にはテレビとエアコンのリモコンが、きちんと並べて置かれていた。たしかに几帳面な人間だったようだ。

もうひとつ、壁際にカラーボックスがひとつ置かれていて、コミックスが何冊か収められている。しかし瞳が注目したのは、そのボックスの一番上に置かれていたフォトフレームだった。そこには一組の男女が写った写真が飾られていた。夏に撮ったものらしく、ふたりともTシャツ姿だった。笑顔で並んでいる。恋人つなぎした手を誇示するように胸元あたりまで上げていた。

「坂本伸也さんと寺坂由宇さんですね」

瞳の言葉に、竹田も写真を覗き込んだ。

「ああ、そうみたいですね。仲良さそうだ」

このふたりが死んでいたのか。そう思うと瞳はやるせない気持ちになった。

しかし感傷に浸っているわけにはいかない。ふたりの写真を自分のスマホで撮影すると、竹田と手分けして室内の捜索をした。それでわかったのは坂本の実家が岐阜にあるということと彼のバイト先、そして彼の銀行口座の残高だった。

「ほとんど残ってませんね。一昨日《おととい》十二万円引き出している」

竹田の言うとおりだった。

「何に使ったんでしょうか」

「さあね」

その後も捜索は続いたが、目ぼしいものは見つからなかった。

「隣の住人に話を聞いてみましょう」

竹田の提案に同意して、瞳は部屋を出た。

隣室の住人は滝沢《たきざわ》という会社員で、まだ出勤前だった。

「隣？　ああ、坂本さんのこと？　よく知らないよ。顔を合わせても黙って挨拶するくらいだったし」

滝沢は眠そうに眼を擦りながら答えた。

瞳はスマホに先程撮った画像を表示し、彼に見せた。

「この女性、見たことありますか」

「ああ、あるよ。よく隣に来てた。昨日も来てた」

「見たんですか」

「見たよ。あれは真夜中……午前一時頃だったかな。仕事から帰ってきてドアを開けようとしたとき、丁度隣の部屋のドアが開いてさ、坂本さんと、そっちの女の子が出てきたんだ。俺の顔を見てちょっとびっくりしたような顔してたけど、いつもみたいに黙礼して、俺は部屋に入ったんだ」

「午前一時頃というと、正確には?」

「えっと……駐車場で車を降りるときに時計を見たら一時三分だったな。それから歩いて……昨日は雪が積もってて歩くの大変だったんだ。車を降りたときには、もう止《や》んでたからよかったけど……それでここに到着するまでに七分くらいかかったと思うよ」

「ということは一時十分頃ということですね?」

竹田が尋ねる。

「そう。それくらいだな」

「その時刻にふたりは出ていったんですね? そのとき、ふたりの様子は?」

「様子って……どうかなあ、あんまりよく見てなかったから。でも、どうして警察が坂本さんのことを訊くの? あのひと、何かやった?」

さすがに滝沢も不審に思ったのだろう。竹田は答えた。

「じつは近くの空き地でこのふたりの遺体が見つかったんです」

「いたい? え? 死体のこと?」

「はい」

「死んだの? なんで?」

「それはまだ捜査中です。どうでしょう、出ていくときのふたりにおかしなところはなかったですか」

「どうかなあ、まさか死ぬとは思わないから……ちょっとよそよそしい感じがしたくらいかな」

「よそよそしいと言うと？」

「いつもふたりを見かけたときは、べったりくっついてたんだよ。でも昨夜はちょっと距離があったりして、なんて言うか、やっぱりよそよそしいって感じだった。女の子のほう、泣いてたみたいだし」

「泣いてたんですか」

「ちょっと眼が赤くてさ」

ふたりの会話を聞きながら、瞳は別のことを考えていた。

なんだろう、さっき気になることを聞いたように思うのだが。それが何かわからない。自分は何を気にしているのだろう……。

「築山さん、何かありますか」

「…………」

「築山さん？」

竹田に重ねて声をかけられ、瞳は我に返った。

「あ、すみません。そうですね、わたしは……」

訊きたいことはある。しかしそれが何なのか、自分でもまだ——。

焦る彼女の視界に、白いものがふわりと舞った。

「ああ、また降ってきたな」

竹田が言う。見ると灰色の空から雪が舞い降りてきた。

「……あ」

そのとき、瞳はやっと自分が引っかかっているものの正体に気付いた。

「あの、昨夜お帰りになって車を降りたとき、雪は止んでいたと仰《おっしゃ》いましたよね？」

「あ、うん。そうだよ。止んでた」

「そのままずっと止んでましたか」

「それは……わからないなあ。部屋に入っちゃってから外は見てないから」

言われてみれば、そのとおりだろう。

「そろそろ出勤しなきゃいけないんだけど、もういいかな？」

滝沢に言われ、

「あ、どうもお時間を取らせてしまってすみませんでした」

竹田が詫びる。

「ありがとうございました」

瞳も頭を下げた。

アパートを離れてから、彼女は呟いた。

「……やっぱり変だ」

「何が変なんですか」

竹田が尋ねたが、瞳は答える代わりにスマホを取り出した。

「調べてみます。こういうときは気象台に訊けばいいのかしら」

「だから、何が変なんですか」

「雪です」

スマホをスワイプしながら瞳は言った。

「滝沢さんはアパートに戻ってきたときには雪は止んでいたと言いました。変なんですよ」

「……意味がわからないんですが」

「つまり坂本さんと寺坂さんがアパートを出たとき、雪は止んでたってことです。でもふたりの遺体は雪に埋もれていた。おかしいと思いません？」

「それは……たしかに妙ですが。でも、また雪が降ったんじゃないですか」

「それを確認したいんです」

ネットで名古屋地方気象台の電話番号を調べ、電話を入れた。

「もしもし？　わたし愛知県警の築山と申します。捜査の関連で至急教えていただきたいことがあるのですが……」

何度かやりとりをした後、彼女は欲しかった情報を得た。

「やっぱりこの付近、午前零時半頃には雪は止んでいたそうです。それ以降は降っていません」

「それ、どういうことですか」

竹田の問いに、瞳は首を振った。

「わかりません。雪に埋もれて死んでいたひとたちが、雪が止む前まで生きていた。なんだか、わけがわからない……」

2

京堂新太郎《しんたろう》の最近のお気に入りは、買って間もない圧力鍋だった。これを使えばスペアリブも短時間で柔らかく煮込めるし、鰯《いわし》は骨まで食べられる。これまでは時間をかけて煮込むほうが美味しいものができると信じていたのだが、そんな思い込みはあっさりと否定された。いまではすっかり圧力鍋愛好家となっている。

今日は手羽元《てばもと》の唐揚げを作ってみた。揚げる前に手羽元を醬油やコンソメスープ、生姜《しょうが》に白ワインを加えた調味液に漬けて圧力鍋で煮込む。煮込むと言っても時間は五分ほどで、後は圧力が下がるまで待っているだけでいい。これだけでとろりと柔らかくて骨から簡単にはずれるようになる。逆に柔らかくなりすぎて揚げるときに注意しなければならないほどだった。

試作として一本だけ揚げてみた。もう火は入っているので表面がこんがりと狐色《きつね》になるまで揚げればいい。色が付いたらフライパンから取り出し、油を切ってから熱々のものを口に運ぶ。

「……うん！」

思わず声が出た。これまで食べてきた唐揚げとは違う食感だ。口の中で肉が崩れ、味が染みだす。これなら喜んでもらえるだろう。

いつでも料理を完成させられるように下準備を終えると、新太郎は自分の仕事部屋に戻った。妻はいつ帰ってくるかわからない。その間に仕事を続けておこうと思ったのだ。

かつては手描き派だった新太郎も、最近はイラストの制作をほとんどパソコンで行っている。しかし今回はあえて色鉛筆を使うことにした。イラストを添えることになったエッセイの文章を読んで、これは手描きのほうが合っていると判断したのだ。パソコンでも色鉛筆を使ったように描くことは可能なのだが、今回は肉筆にするべきだと考えた。そのために新しい色鉛筆も用意した。

代わりにパソコンではエッセイに登場する映画のＤＶＤを再生した。昼の間にひととおり観ているが、今度は印象的なシーンを選んで一時停止しては確認した。そしてこれはと思う場面をキャプチャしてイラスト化することにした。

ここまで準備したところで午後八時を過ぎた。いつも八時を過ぎても帰らなかったら先に食べておくという決まりになっている。

今日も遅くなるのかなと思ったそのとき、ドアの開く音がした。

「ただいまあ。お腹空いたあ」

いつもの声が聞こえる。苦笑しながら新太郎は席を立った。

「お帰り。今日はそんなに遅くならなかったね」

迎えに出ると、

「うん、今日はもう、帰ってきちゃった。何がなんだかわからなくてさ。ねえ新太郎君、お腹空いた」

妻――京堂景子《けいこ》が心細げな声をあげる。その場でコートのボタンを外し、靴を蹴るように脱いだ。

「今作るから。着替えてきてよ」

そう言って新太郎はキッチンへと向かう。

十分後、着替えを済ませてリビングダイニングに現れた景子が席に着くと、揚げたての唐揚げを皿に載せてテーブルに置いた。付け合わせにはブロッコリーとニンジンとウズラの玉子のピクルスを添えてある。それにワカメの吸い物、ホウレンソウのおひたし、温かい御飯。

「おお、美味しそう。いただきまあす」

景子は頰を緩めて箸を手に取った。まず手羽元の唐揚げから攻める。

「……うわ、なにこれ。身が柔らかい」

「でしょ」

「味も染みてて美味しい！　これは御飯が進むわ」

そう言いながら茶碗を手に取る。いつもながら旺盛な食欲だ。

「このピクルスも美味しいね。いつもとちょっと違うみたいだけど」

「ピクルス液に柚子《ゆず》を入れてみたんだ。思ったより香りと味が柔らかくなるみたい」

「ほんと、いいわこれ。新太郎君と一緒に食べてると、なおいい。やっぱり夫婦は一緒に御飯を食べないとね」

「そうだね」

頷きながら新太郎も唐揚げにかぶりついた。

食後、いつもなら少しアルコールを飲むところだが、

「今日は紅茶にしない？　一緒に飲みたいものがあるんだ」

「珍しい紅茶でも買ったの？」

「いや、紅茶はいつもの。でも飲みかたを工夫してみたい。デザートもあるし」

「いいわよ。楽しみ」

新太郎はふたり分のティーカップとポットを温めると、その間に洋酒の小瓶をテーブルに置いた。

「ラム？」

「そう。これを紅茶に入れるんだ。タブラティーって言うんだって」

温まったポットにダージリンの茶葉を投入し、湯を注ぐ。温めたカップにはラムを少し垂らした。

カップに紅茶を注いで景子の前に差し出す。添えられたのはシュークリームだった。

景子はカップを手に取り、そっと啜った。

「……ああ、いい香り。ふわっと広がる感じ」

「寒い日には、こういうのもいいでしょ」

「うん。なかなかいいわ。このシュークリームも美味しい。これも新太郎君が作ったの？」

「さすがにお菓子作りはまだ手を出してないよ。近くの洋菓子店で買ってきたんだ。でも、今度作ってみてもいいかな」

「作って作って。わたし、新太郎君のお菓子食べたい」

無邪気に言いながら、景子は紅茶を飲む。

「もしかして、このダブルティー、だっけ？」

「タブラティー」

「そのタブラティーって今やってる仕事に関係してるの？　たしか飲み物と音楽がテーマのエッセイだとか言ってたでしょ」

「正解。次の号に載せる原稿に、このタブラティーのことが書いてあったんだ。作者のひとはこのお茶を飲むと『白い恋人たち』を思い出すんだって」

「『白い恋人たち』？」

「昔の映画だよ。冬季オリンピックの記録映画。テーマ曲が有名らしい。僕は知らなかったんだけどね」

「ふうん……白い恋人たち、かあ……」

「原題は『フランスの十三日間』なんだそうだけど、邦題のほうがロマンチックだよね」

「ロマンチック……」

何か考えるように景子はその言葉を繰り返す。

「こっちの『白い恋人たち』はロマンチックどころか、悲惨だったけどね」

「ん？　どういうこと？」

「今扱ってる事件よ。カップルが雪に埋もれて死んでたの」

景子は事件のあらましを夫に話した。

「女性は扼殺《やくさつ》されてて、男性は睡眠薬を飲んでた、か」

新太郎はカップを持ったまま、

「ってことは、坂本伸也さんが寺坂由宇さんを絞め殺し、自分は薬を飲んで自殺したってこと？」

「そう考えるのが自然よね。実際、坂本の手には引っ掻き傷があって、寺坂の爪からは坂本の皮膚片が見つかってるの。坂本が寺坂を殺害したとみて、たぶん間違いないわ。それに坂本に持病があってその薬が処方されてたこともわかっているの」

「動機は？　ふたりは恋人だったんじゃないの？」

「ふたりが通っていた大学で同級生たちの話を聞いたの。そしたら寺坂の友達がつい最近彼女から坂本との交際について相談されてたって話が出てきたのよ」

「どんな相談？」

「寺坂は別れたがってたみたい。性格が合わないって。でも坂本は同意しなかったようね。坂本は坂本で友達に『由宇と別れるくらいなら死んでやる』とか言ってたみたいよ」

「なら動機もばっちりだね。別れ話のもつれで坂本さんが寺坂さんを殺し、自分は薬を飲んだわけだ」

「死んでも寺坂を離したくなくて、がっちり恋人つなぎしてね。なんだかすごい身勝手な話よ」

「たしかにひどい話だね。でも、それならもう事件は解決してるんじゃないの？　犯人も動機もわかってるんだし。さっきは『何がなんだかわからなくて』なんて言ってたけど、あれは別の件？」

「ううん、まさにその事件がわけわかんないことになってるの。じつはね——」

と、部下が調べてきたことを話した。

「あらためて名古屋地方気象台に調べてもらったんだけど、あのあたりは昨夜の午後十時過ぎから今日の午前零時半頃まで雪が降ってた。でも午前一時十分頃に坂本と寺坂がアパートから出てくるところを隣室の滝沢って男性が目撃してるわけ。その時刻には雪は止んでるのよ」

「なのにふたりの遺体は雪に埋もれていた、か。たしかに変だね」

「でしょ。たいしたことないように見えて、じつはかなり矛盾した状況なの。ちなみに死亡推定時刻は昨夜の午後十一時から今日の午前一時頃と、また微妙なところなのよね。うちの課長なんかは『犯人がわかってるんだから別にいいじゃないか』なんて言うんだけど、なんか気持ち悪くて……ねえ、新太郎君ならわかる？」

「うーん、どうかなあ……」

新太郎は紅茶を一口啜ってから、

「まず確認したいんだけど、ふたりの遺体が雪に埋もれていたっていう証言に間違いはないの？」

「第一発見者の佐山敏弥という新聞配達員からはもう一度話を聞いたの。彼が遺体を発見したとき、間違いなく雪に埋もれていたそうよ。彼が通報して最初に駆けつけた白金交番の巡査も、自分が来たとき遺体にはきれいに雪が被さっていたって証言してるの」

「するとふたりが倒れた後に雪が降ったってことは間違いないのか……うーん……」

カップを置くと、新太郎は宙を見上げて思案を始めた。

「誰かが空き地に積もった雪を掻き集めて遺体に被せたってことも、ないよね？」

「佐山の証言だと、空き地の雪には足跡ひとつなくて、きれいに均一に積もってたんだって」

「そうか……じゃあ、滝沢さんがアパートからふたりが出てくるところを見たって時間に間違いはないかな。一時間くらい勘違いしてるとか。あるいは故意に遅い時間で証言してるとか」

「滝沢の証言も裏を取ったわ。彼が職場から退社したのは午前零時三分。彼の会社は社員の出退勤をICカードで管理してるんだけど、その時刻も確認できたし、一緒に退社した同僚からも話を聞いて、時間に間違いないことは確認できてるの。会社からアパートまでは車で五十分程度だから、証言と一致するわね」

「そうかあ……じゃあ間違いないね。だとしたら……」

新太郎はまた思案に耽《ふけ》る。

「隣の家の屋根に積もってた雪が落ちて、遺体の上に被さったってことは……ないよね？」

「ふたりが倒れていたのは空き地のほぼ中央なの。隣家の屋根からは離れてるわ。もちろん頭上には雪が積もるようなものもなかったし」

「だよね。そんな単純なものじゃないだろうと思ったんだ。でも……」

新太郎は額に指を当て、考え込む。一分ほどその姿勢のままで動かなかった。

「……ちょっと、すぐには思いつかないな。少し考えさせてくれる？」

「いいわよ。あんまり無理しなくてもいいけど」

「そう言われると答えを出したくなるよ」

新太郎はにやりと笑って、空になったふたりのティーカップをキッチンに持っていった。洗い物を済ませ、景子とふたりでテレビを観た。しかしニュースを観てもバラエティを観ても、頭の中は雪に埋もれたふたつの遺体のことばかりだった。

風呂に入っているときも考え続けた。それでも謎は解けなかった。

「なんだろうなあ……きっと正解があるはずなのに……」

独りごちながらリビングに戻ると、景子は雑誌を見ていた。新太郎がイラストの参考にと定期的に買っている婦人雑誌だ。

「ねえ、ここにシュークリームの作りかたが書いてあるよ。なんか簡単にできそうだけど」

「レシピは簡単だけど、作るのは難しいよ。シュー生地をうまく膨らませるのが大変だって聞いたことがあるから」

言いながら妻の背後に立ち、雑誌を覗き込む。そこにはきれいな形に焼き上がったシュークリームの写真が掲載されていた。皿に載せられ、カスタードクリームと一緒に真っ赤な苺《いちご》が挟まれた狐色の皮に、白い粉砂糖が振りかけられている。

「さっき食べたシュークリームより高級そうに見えるね」

「苺と粉砂糖の分だけね。そうして装飾するとシュークリームも高級デザートに見えて――」

「どうしたの？」

不意に言葉を途切れさせた夫に、景子は声をかけた。しかし新太郎は硬直したように動かない。シュークリームの写真を見つめたままだった。

「……もしかしたら……」

「何が『もしかしたら』なの？　新太郎君、何かわかった？」

妻の声も聞こえていないかのように新太郎は沈黙している。と、いきなり自分のスマホを取り出す。

「……そう都合のいいものなんてあるのかな……」

呟きながらスマホを操作していたが、

「……やっぱり違うか。でも……」

「ねえ、新太郎君ってば」

「あ、ちょっと待って。僕の思いつきを確かめたいだけだから」

「思いつきって、遺体の雪のこと？」

「そう。ひょっとしたら……」

それからしばらくスマホを見つめつづけていたが、不意に、

「ああ、そうか」

と、声をあげた。

「何かわかった？」

景子の問いかけに答える代わりに、新太郎は窓のカーテンを開けて外を見た。

「まだ雪は溶けてないな。景子さん、調べてほしいことがある」

「なになに？」

景子も勢い込んで尋ねた。

「雪だよ」

新太郎は言った。

「坂本さんと寺坂さんの遺体を覆っていた雪を調べてほしいんだ。まだ空き地に残っていればだけど」

3

翌日、帰宅した景子はすぐに報告した。

「雪、調べた」

「結果は？」

「新太郎君が予想したとおり。本物の雪じゃなくて、人工雪だった」

「やっぱり、そうか」

新太郎は、小さく頷いた。

「ねえ、これってどういうこと？」

景子は当惑しているようだった。

「どういうことなのか、昨日は僕もわからなかった。でもさっき、思いついたことがあるんだ」

新太郎はそう言って自分のスマホを取り出したが、

「……ああ、こんな小さな画面よりパソコンのほうがいいか。僕の部屋に来てよ」

ふたりで新太郎の仕事部屋にあるパソコンの前に座った。

新太郎はマウスとキーボードを操り、ディスプレイ上に地図を表示させた。

「ここが遺体の発見された場所だよね？」

「えっと……ああ、そうね。この地図だとまだ家が建ってることになってるけど」

「今は空き地なんだよね。南側が道路に面していて、残る三方向は隣家に囲まれている」

「そうね。西側には筑波夫妻、東側には野宮夫妻、北側には隅田家の三人家族が住む家があるわ」

「東側が野宮夫妻だね。じゃあ、この地図を今度は航空写真に切り換えてみるよ。ほら、こうすると住宅の配置もよくわかる」

新太郎はマウスを手にしたまま、言った。

「最初は『どうして雪が止んだ後も生きてたはずのひとたちの遺体に雪が降り積もっていたの

か』って疑問を考えてたんだ。で、考えれば考えるほど、これは自然現象や勘違いによるものではなくて意図的なものだと思えてきた。となると疑問は変わってくる。『どうして雪を降り積もらせたのか』ってね。答えはきっと単純なものだよ」

「単純って？」

「遺体を見たくなかった。あるいは遺体を見たと言いたくなかった」

「……ごめん、ちょっとよくわからない」

「この家の配置を見てよ。西側の筑波さんの家は空き地側に建って隙間がほとんどない。窓を開けなければ空き地を見ることができない。北側の隅田家は南側に庭があって、空き地と隣接している。庭に出れば空き地を見ることはできるけど、庭になんか出なかったと言えばみんなを納得させられる。でも」

新太郎はマウスのポインタを空き地の東側に置いた。

「野宮さんの家を見て。玄関が西側に面していて、しかも家の中央あたりにあるでしょ。家のひとが玄関を出入りするときには必ず西側の空き地が見えるはずだ。つまり遺体があったら、見つけざるを得ないんだよ」

「つまり、野宮は遺体を発見したはずだったと？」

「警察に通報した佐山さんより先にね。でもそのことを言えなかった。それどころか隠したかった」

「どうして？」

「面倒に巻き込まれたくなかったのか。いや、ただそれだけなら手間のかかることはしないよね。どうしても事件に関与したくなかった理由があるんだと思う」

「どんな？　いえ、それはわたしたちが調べることよね」

「そう。それと野宮さんの仕事についても調べてみてよ。そうすれば都合よく人工雪を降らせることができた理由もわかるかも」

「わかった。すぐにでも調べる」

景子はスマホを取り出した。

「もしもし、生田か。まだ署にいるな？……じゃあ、至急調べてほしいことがある」

その口調は、つい今まで新太郎と喋っているときのものではなく、冷徹なものだった。

「氷の女王、か……」

新太郎は妻の変化に頰を緩めた。それを聞いた景子は一瞬だけ妻の顔に戻り、小さく舌を出して見せた。

4

瞳は緊張していた。車の助手席に座り、身を硬くしている。運転しているのは生田。そして後部座席には間宮と京堂警部補が座っている。

瞳が提示した謎は、当初捜査本部ではあまり関心を引かなかった。事件が坂本による無理心中であるという結論は明白だった。遺体が雪で覆われていようといまいと関係ない、というのが関係者ほとんどの見解だったのだ。

それに異を唱えたのは、京堂警部補だった。瞳の疑問を積極的に取り上げ、捜査を指示した。そして自ら大胆な推理を展開してみせたのだ。

今、自分の疑問の答えが出ようとしている。それがどんなものなのか想像もできない。実際のところは取るに足らないような話なのかもしれない。わざわざ四人もの刑事が出向くようなことではないのかも。もしもそんな結末だったら、自分の行為はただの空騒ぎということになってしまう。せっかく京堂警部補に引き上げてもらい捜査一課の一員となったのに、いきなりこんな失態を犯してしまったら。瞳は身が竦《すく》む思いだった。

車は三日前に出向いた白金の現場前で停まった。時刻は午後七時半。今日もひどく寒い。車を降りた瞳の頬が冷たい風に打たれた。

車から降りた生田と間宮は、その場を離れ家の反対側に回り込む。

「築山」

京堂警部補が名を呼んだ。おまえがやれ、ということだ。瞳は頷き、玄関のインターフォンのボタンを押した。

すぐには応答がなかった。もう一度押す。在宅であることは確認している。居留守を使うつもりなのか。

――……はい。

くぐもった男の声が聞こえた。瞳は言った。

「夜分にすみません。愛知県警の築山と申します。隣の空き地で起きた事件のことで、ちょっとお話を伺いたいんですが」

――俺は、何も知らん。

素《そ》っ気《け》ない返事だった。予想していた答えでもある。瞳は続けて言った。

「では奥様とお話しできませんか」

――女房はおらん。出ていった。

「どちらへ？」

――知らん。かまわんでくれ。

「お話しさせていただけるまで、ここを動きませんよ。少しだけでいいんです」

重ねて言った。返事はなかった。が、しばらく待っていると玄関のドアが開いた。髪が乱れ、髭も伸ばしたままでパジャマ姿の中年男が、のそりと顔を出した。

「いい加減にしてくれ。俺は何にも――」

「野宮貞治さんですね。失礼ですが劇場で仕事をされているんですよね？」

「ああ、舞台美術だ」

「舞台でいろいろな効果を担当されていると聞きました。現在携《たずさ》わっている演劇では雪を降らせるシーンがあるとか」

野宮の顔色が変わった。

「それが、それがどうした？」

「舞台用の小型人工降雪機をお持ちですね？　劇場の方に伺ってきました。野宮さんがメンテナンスのために家に持ち帰っていると」

「それが――」

「隣で見つかった遺体に人工雪が被せられていました。あれは、野宮さんがやったことですね？」

野宮の喉仏が激しく動いた。勝機だ、と瞳は思った。

「あの日、あなたは隣で人が死んでいるのを発見した。しかしどうしても警察には通報したくなかった。だから見えないようにしてしまった。どうしてあなたは――」

瞳が言い終わる前に野宮が動いた。ドアを閉めようとしたのだ。それを察知した瞳は咄嗟に腕を突っ込んだ。

上腕に激痛が走る。しかしかまわずドアをこじ開けた。

野宮は家の中に駆け込んでいく。

「待って！」

瞳は靴のまま追いかけた。

野宮はリビングに飛び込み、窓を開け、そこから飛び出そうとした。ぎりぎりのところで瞳は彼のパジャマを摑んだ。思いきり引く。バランスを崩した野宮は瞳に倒れかかってきた。悲鳴をあげそうになるのを必死に堪《こら》え、彼女は野宮にしがみついた。

「放せ！ 放せってばよお！」

暴れる相手を必死に押さえ込んだ。

「大丈夫か!?」

声が聞こえ野宮の体が引き剝がされそうになる。瞳は懸命に抵抗した。

「築山ちゃん、もういいってば！」

その声で、やっと我に返った。野宮を引き離そうとしていたのは、生田だった。

「あ……」

一気に力が抜けた。

野宮は間宮に取り押さえられ、力が抜けたようになっている。瞳は立ち上がり、息を吐いた。

「築山」

声が聞こえた。瞳はその声のしたほうに向かった。

六畳の和室だった。そこに京堂警部補が立っている。

「これだ」

指差す先は押し入れだった。開かれた中に大きなビニール袋がある。布団圧縮袋だ。完全に空気が抜かれた中に入れられているのは、人間だった。

「これが、遺体に雪を降らせてまで隠したかったものだ」

京堂警部補が言った。

そのとき、野宮が生田と間宮に引き立てられてきた。

「これは野宮若江、あんたの奥さんか」

京堂警部補の問いかけに、野宮は小さく頷いた。

「俺と離婚するなんて言うから……今更そんなこと言うから……」

「だから殺したのか」

答える代わりに野宮は泣き崩れた。

「築山、県警に連絡だ」

「あ、はい」

少し震える手で、瞳はスマホを取り出した。

二曲目——小さな喫茶店

母は陽気なひとだった。いつも明るい声で喋り、踊るような足音で家事をしていた。鼻唄もよく歌っていた。たいていは庭に出て洗濯物を干しているときだ。シーツを広げるパサッパサッという音と共に、少し調子外れな旋律が聞こえてきた。いつも同じ曲だった。ちょっとたどたどしいが、気持ちのいいメロディだった。

あるときわたしは「その曲なんて曲?」と尋ねた。すると母は『小さな喫茶店』っていうの」と答えた。そして当時まだ家にあったステレオでレコードを聴かせてくれた。それは母の鼻唄とは違って軽やかで優雅でより一層心が躍るものだった。わたしは聴きながら体を揺らし手を振りながら音色に体を委ねた。そんな気持ちになったのは生まれて初めてだった。それくらい母が聴かせてくれた曲は心地好かった。

後にそれがアルフレッド・ハウゼ楽団の演奏したものだと知った。母は若かった頃ダンス音楽に心酔していたことがあったそうで、そうした楽曲を収めたLPレコードが何枚かあったのだ。アルフレッド・ハウゼというのがドイツの音楽家でコンチネンタル・タンゴというものを演奏するのが得意だと教えてくれたのも母だった。

大きくなってからいろいろな「小さな喫茶店」を聴いた。もともとこの曲は戦前のドイツで生まれたもので、元は映画音楽だったらしい。歌詞もあり、日本では戦前から訳詞されたものを中野《なかの》忠晴《ただはる》などが歌って広く知られていたそうだ。わたしはラジオで菅原洋一《すがわらよういち》が歌っているのを聴いたことがある。小さな喫茶店に入った男女がお茶とお菓子を前にして一言も喋れないでいる、という内容だった。とても愛らしい情景だが、終わった恋の思い出に浸っているような雰囲気もあって切なくも感じる歌だった。

しかしわたしにとって、やはりこの曲は母が聴かせてくれたアルフレッド・ハウゼの演奏が一番だ。

レコードを聴かせてくれた後、母はわたしにロイヤルミルクティーを淹《い》れてくれた。

「カップ一杯の水でたっぷりの茶葉を煮出してね、火にかけたままカップ一杯のミルクを注いで沸騰寸前に火を止めるの。茶漉《ちゃこし》を使ってカップに注いだらできあがり」

作りかたを説明してくれながら、わたしには蜂蜜をたっぷり入れた一杯をくれた。温かくて甘くて、素敵な香りのする飲み物だった。

今でもわたしは、母が教えてくれたとおりに淹れたロイヤルミルクティーを飲む。そして今はもうこの世にいない母を思いながら一口啜《すす》る。するといつも、耳にあの曲が聞こえてくる。わたしは幼い頃に戻って母のたどたどしい鼻唄を真似てみたりする。

1

店に入り席に座ったときにすぐ、その後ろ姿は眼についた。大きな背中だった。青いセーターを着ている。髪は短く刈っていた。水のコップとお絞りを持った店員がやってきた。レモンティーを注文すると、築山瞳《つきやまひとみ》は再びその男に視線を向けた。

顔は見ていない。だがなんとなく勘が働いた。もしかしたら。

店の名は「茉莉花《まりか》」。名古屋市港区名港《めいこう》二丁目、国道154号線沿いにある小さな喫茶店だ。木を基調とした内装はシックで落ち着きがあった。壁にはロートレックの複製画と、その絵から抜け出してきたようなシルクハットに燕尾服、ステッキを構えた日本人男性の写真が飾られている。流れているBGMは古風なムード音楽。厨房《ちゅうぼう》で働いているのはマスターらしい六十過ぎくらいの男性ひとり。店員は若い女性だ。

非番の今日はガーデン埠頭《ふとう》にある名古屋港水族館を訪れ、半日いろいろと見て回った。愛知県警捜査一課に配属され、名古屋市内の独身寮に入ってまだ間もない。今は休みのたびに名古屋の名所を見て回るようにしていた。水族館も一度訪れてみたかった施設だった。

名古屋港水族館は日本一の延床《のべ》面積を持つ水族館である。展示されている海洋生物も多く、イルカやシャチ、ペンギンにウミガメなど、多様な生き物を見ることができた。瞳は特にペンギンが好みで、南極の自然環境を再現した水槽の中で泳いだり佇《たたず》んだりしているのを飽きることなく見ていた。

充分に楽しんでから車に乗り込み、寮へと戻りかけた。が、走りはじめて間もなく、妙に喉の渇きを覚えた。館内のレストランで食べた味噌カツのせいだろうか。我慢できないこともなかったが、走りながら周囲を見ていると、喫茶店の看板が眼に入ったので、そのまま車を乗り入れたのだった。

その男はカレーを食べているようだった。忙《せわ》しなくスプーンを使う音が聞こえてくる。かなり急いでいるようだ。

瞳はコップの水を一口飲んで喉を潤すと席を立ち、奥の洗面所へ向かった。通りすぎるときちらりと見たが、はっきりと確認できなかった。

洗面所は店の厨房の隣にあった。瞳はトイレに入り、手を洗ってすぐに出た。そして男の顔を真正面から見た。

年齢は三十代後半くらい、ホームベースのような五角形の顔を強調するように髪を角刈りにしている。太い眉と厚い唇、そして金壺眼《かなつぼまなこ》。昨日聞いた美濃隆敏《みのたかとし》の特徴と一致していた。

瞳が直接担当している事件ではない。それでも情報は眼にしているし、頭に入れている。

昨日の午前九時過ぎ、愛知県知立市内《ちりゅうし》幸町《うちさいわいちょう》に建つ民家で、そこに住む美濃由吉《よしきち》と達子《たつこ》夫妻の遺体が発見された。ふたりとも頭部を強く殴られており、家の玄関には血に塗《まみ》れたバットが投げ捨てられていた。

すぐさま所轄である安城《あんじょう》警察署に捜査本部が設置され、県警からも捜査員が派遣された。美濃家には由吉と達子の他に息子の隆敏が住んでいた。すぐに隆敏と連絡を取ろうとしたが、どこに行ったのか行方がわからなくなっていた。近所での聞き込みによると、隆敏は昨夜も家にいたらしい。なぜわかったかというと、彼が在宅のときは自室で聴いているアイドルソングが家の外まで聞こえてくるからだ。つまりそれくらい大音量で聴いているということだろう。

また美濃家が資産家であったらしいことも、近所からの情報でわかった。自宅に相当額の現金が保管されていたという噂もあるが、捜索の結果そのような金は見つからなかった。

この時点で多くの捜査員が勘を働かせた。隆敏は今回の事件に深く関わっているのではないか、と。捜査本部長も同じ意見で隆敏の居所の特定と彼に関する情報の収集を第一に捜査を開始させた。

情報はすぐに集まってきた。それによると隆敏は三十六歳となった今も定職に就かず、バイトも短期間で辞めてしまって現在は無職であるらしい。当然生活費は両親に頼るしかなく、引き籠もりに近い暮らしをしていたようだ。近隣の住民の話では、美濃家から時折言い争う声が聞こえてきたという。

事件が起こる一週間前にも息子が暴れているようだという近隣住民からの一一〇番通報があり、近くの交番から警官が駆けつけ、一時交番に連行して取り調べをしている。その際の記録によると隆敏は仕事をしないことを両親から詰《なじ》られ、ついカッとなって騒いだだけだと答えている。ついてきた両親もお灸《きゅう》を据えてもらえればそれでいいということだったので、その場は厳重に注意して帰したそうだ。その一件からしても、両親と隆敏との折り合いは良くなかったようだ。

加えて事件が発覚した日の朝八時過ぎ、足早に家から出ていく隆敏の姿が複数の人間によって目撃されていた。死亡推定時刻がその前日の午後十一時から翌午前三時の間とされていることから、隆敏が家を出たときにはすでに美濃夫妻は殺害されていたと考えられ、彼に対する容疑はますます深まった。捜査本部は隆敏を重要参考人として行方を追うことにした。

そんな情報も瞳は漏れ聞いていた。そして今、美濃隆敏の特徴に合致した男が目の前にいる。

どうするべきか。瞳はその男の前を通りすぎながら考えた。自分ひとりで行動するのは危険だ。問い質したりして相手に気付かれたら、逃げられてしまうかもしれない。警察学校で柔道の基本は教えられているが、あれだけの巨体をひとりで取り押さえる自信はなかった。やはり援軍を要請するべきだろう。

自分の席を通りすぎ、一旦店を出る。店先でスマホを取り出し電話をかけた。捜査本部から一番近い交番に連絡を入れて警官を寄越してもらうよう依頼し、再び店に入った。

男の姿が、消えていた。

瞳は思わず店内を見回した。客は他にいない。あの男も、どこにもいなかった。いるのは空になったカレーの皿を片づけようとしている店員と、店の奥にいるマスターだけだった。

血の気が退《ひ》く。まさか、そんな。

「あ、あの」

店員に声をかけた。

「ここにいた男のひと、どこに行ったんですか」

瞳の顔付きが怖かったのだろう、店員は少し引き気味に、

「あ……あの、お手洗いに行かれてますけど」

とだけ言った。

瞳はすぐに洗面所に向かった。ドアは閉まっていて、ドアノブの小窓が赤くなっていた。ロックが掛けられているということだ。先程トイレに入ったときのことを思い出す。ロックは鉄製のバーをスライドさせる単純なものだ。内側から掛けると、外から外すことはできない。

少し躊躇《ちゅうちょ》したが、思いきってノックした。返事はなかった。

「あの、入ってますか」

我ながら間抜けな言いかただと思ったが、他に思いつかなかった。それでもやはり返事はない。

籠城、という言葉が頭に浮かんだ。あるいは場所が場所だけに雪隠《せっちん》詰めと言うべきだろうか。とにかくこのままでは捕まえることができない。逃げることもできないだろうが。

いや。たしかドアの反対側に、窓があった。

「やばい……！」

急いで戻り、店員に尋ねた。

「トイレの裏は?」

「は?」

「トイレの裏はどうなってますか」

「トイレの裏……隣の駐車場ですけど」

そのときちょうど、制服の警官が二名店に飛び込んできた。近くの築地交番の警察官だ。

「捜査一課の築山と言います。ここでトイレを見張っていてくれませんか」

「は?」

「詳しい話は後でします。すぐにも確認したいんです。わたしは裏を見てきます」

それだけ言うと瞳は店を飛び出し、建物の裏手に廻る。

店員の言葉どおり、月極めの駐車場になっていた。喫茶店とは百五十センチほどの高さのフェンスで隔てられているだけだ。

その喫茶店のトイレの小窓が眼に入った。開けっ放しになっていた。

やっぱり、と瞳は歯嚙みする。逃げられてしまったか。

フェンスによじ登り、窓に手を掛ける。中を覗き込んだ。

やはり、誰もいなかった。

「くそっ!」

思わず声が洩れる。と、バランスを崩して危うく落ちそうになった。

用心しながらフェンスを降りる。そして再び窓を見た。

違和感を覚えた。何かがおかしい。

その意味を考えながら店に戻ると、警官が言った。

「誰も出てきませんでした」

男がいたテーブルにはカレーの皿とスプーン、そして空になったコップが残っている。

「これは、このままにしておいてください」

店員にそう言うと、ふたりの警官にこれまでの経緯を話した。警官たちの表情が変わった。

「知立の事件の重要参考人ですか。それはまた大事ですな」

年嵩《としかさ》の警官が唸った。

「まだ確定はしていませんが、このテーブルに置かれている皿やコップに指紋が付いているはずなので、調べてもらいます」

「それで、本当にもういないんですか」

「窓から中を覗き込んだ状態では、誰もいないようでした。個室も上部が開いた状態なので中を見ることができましたけど、やはりいませんでした。他にあの大きな体を隠す場所はないと思います。ただ念のために洗面所内を調べる必要がありますが。ただ、あのドアを開ける方法がありません。ロックを破壊する以外は」

瞳は彼女たちの会話を聞いている店のマスターに眼を向けた。あらためて見ると、なかなか整った顔立ちをしている。背筋もぴんと伸びていて凛々《りり》しい。髪は半分ほど白くなっているが、皺《しわ》は少ない。彼は言った。

「ドアを壊していただいても結構ですよ。どうせこの状態ではトイレが使えませんしね。ああ、ちょうどいいものがあります。ちょっと待っててください」

そう言って店の奥に引っ込む。しばらくして細い鋸《のこぎり》を持って戻ってきた。

「これ金工用の鋸ですから、ロックしているバーを切れると思います」

若い警官がそれを受け取り、すぐに洗面所のドアの隙間に差し込んだ。五分ほどで切断が完了する。警官はドアを開けた。

「……やっぱりいないな」

中を見回した彼は言った。念のために個室を覗き込んだが、やはり人の姿はない。

「やっぱりあそこから逃げたか」

警官は小窓に近付いた。窓は小便器の真上、彼の顔の位置くらいの高さにあった。

「やれやれ、もう少し早く来ていればな」

年嵩の警官が呟く。彼らの後から洗面所内を覗き込んでいた瞳は、首を傾げた。

「……やっぱり、おかしい」

「え？　何がですか」

年嵩の警官に訊かれると、瞳は若い警官に、

「ちょっと、替わってもらえますか」

そう言って小便器の前に立った。彼女の身長だと小窓は少し伸び上がらないと覗けない。背伸びして手を伸ばし、広げた掌で窓枠の大きさを測った。

「……高さ約四十センチ、幅が八十センチ。やっぱり無理です」

「無理って?」

「わたしが見た美濃隆敏と思われる人物は体重が優に百三十キロはありそうでした。かなり大柄です。こんな小さな窓から抜け出すことは不可能です」

「不可能って……」

年嵩の警官が窓を見回す。

「ああ、これだと俺でもちょっと無理かもしれないな。しかし、じゃあ、その男はどこに行ったんですか。ロックは間違いなく内部から掛けられてましたよ。誰かが中に入ってロックしたことは間違いない。その後、そいつはどうなったんですか」

「わかりません」

瞳は正直に言った。

「あの男は、消えてしまいました」

2

「——というわけでね、逃走劇は一挙に密室からの消失事件に変わってしまったというわけよ」

ナイフでロールキャベツを切りながら、京堂景子《きょうどうけいこ》は言った。

「あ、中身は挽き肉じゃないんだ。鮭？」

「そう、サーモンロールキャベツ」

夫の新太郎《しんたろう》は答える。

「コンソメで柔らかくさっぱりと煮込んであるから、御飯との相性もいいと思うよ」

「どれどれ」

景子は切り分けたロールキャベツを口に運ぶ。

「ほんと！　キャベツに味が染みてるし、鮭も臭みがなくて美味しい」

「でしょ」

新太郎も満足そうに自分のロールキャベツを口に入れる。

「うん、我ながら良く出来た。中に入れた赤胡椒《こしょう》はもう少し多くてもよかったかなと思うけど」

「これで充分よ。たしかに御飯も進むわ」

「問題は御飯を食べるときにナイフとフォークを箸に持ち替えるのが面倒ってことだけどね」

「そんなのわたし気にしないから。ところでさ、さっきの話、どう思う？」

「トイレからの人間消失のこと？　でもそれって景子さんが担当している事件じゃないんだよね？」

「うん。でも簗山がその場に居合わせたから、上司であるわたしも立場上ちょっとだけ関わり合うことになったの。ちょうど今はわたしも手がけてる事件がないし。ねえ、どう思う？」

「そうだなあ……ちょっと考えてみるよ。食事を済ませちゃおう」

「そうね」

それからふたりは雑談をしながら食事を続けた。

夕食を済ませると、次はティータイムというのがここ最近の京堂家の習慣だった。新太郎がイラストを担当しているエッセイで紅茶などの飲み物がモチーフとなることが多いそうで、それを実際に作ってみたいのだそうだ。

「今日は何？」

「ロイヤルミルクティーだよ」

「へえ……あ、前から気になってたんだけど、普通のミルクティーとロイヤルミルクティーの違いって何なの？」

「ミルクティーは普通に淹れた紅茶に温めた牛乳を混ぜるけど、ロイヤルミルクティーはいろいろとやり方はあるんだけど牛乳で茶葉を煮出すという工程が入ったもののことを言うみたいだね。今イラストを描いてるエッセイによると、まずは水で紅茶を煮出して、その後に牛乳を入れて沸騰寸前で火を止める、という方法を取ってるんだ。一度そのやり方で作ってみたいんだよ」

「いいわね。やってみて」

「了解」

しばらくして新太郎はふたつのカップをテーブルに置いた。柔らかな色合いの飲み物が湯気を立てている。

「熱いから気をつけて」

「わかった。いただきます」

景子はそっとカップに口を付ける。

「……ああ、美味しい。茶葉を煮出すって言ってたから渋くなるのかと思ってたけど、そうでもないのね」

「牛乳に負けないだけの風味を茶葉から引き出してるんだよ。なるほど、この方法だとここまで紅茶の力が出るんだな」

ふたりはしばらく無言でロイヤルミルクティーを啜った。

「……あ、さっきの話だけど。人間消失の話」

不意に新太郎が言う。

「うん、何か思いついた？」

「密室講義って知ってる？」

「みっしつこうぎ？　何それ？」

「ディクスン・カーってミステリ作家が密室殺人に使われるトリックを分類したものなんだよ」

「密室殺人？　でも今回は殺人じゃないわよ。美濃夫妻はたしかに殺害されたけど、密室状態じゃなかったし」

「うん。だからそれを参考にして人間消失トリックについて考えてみようと思うんだ」

新太郎はロイヤルミルクティーを一口啜ってから、

「まずは『秘密の通路や逃げ道がある場合』かな。そういうのがあればこっそり逃げ出せるでしょ」

「でもあのトイレにそんなものはなかったと聞いてるわよ。普通は店のトイレにそんなもの作らないわよね」

「まあ、そうだろうね。じゃあこれは除外して。次は『変装をして逃げ出した場合』。ドアを開けて飛び込んだひとたちに化けて一緒に外に出るってやつだね。でもこれも無理だな」

「当然でしょ。ドアを破って入ったのはうちの簗山と交番のふたりの警官だけなのよ。そのうちの誰かに化けるなんてことできるわけないし」

「トイレの中の備品に化けることも無理かな。モップとかバケツとか」

「……新太郎君、それ本気で言ってるの？」

「冗談、でもないよ。日本の探偵小説の例だと郵便ポストに化けたり百科事典の背表紙を背負って本棚に入り込んだりしてるから。でもそんな準備もしてないだろうし、これも無理だね。じゃあ次は『もともとそんな人間なんて存在しなかった場合』だな。美濃隆敏なんてあの店にはいなかった。全部嘘だって場合だよ」

「簗山が嘘をついたって？　そんなこと――」

「あるわけないよね。わかってる。そんなことをする理由がないものね。それに店に美濃隆敏がいたって証拠はあったんでしょ？」

「うん。残ってた皿とコップから隆敏の指紋が検出されたわ。簗山が遭遇した男は間違いなく美濃隆敏よ」

「わかった。じゃあこの推理も却下だね」

「ねえ新太郎君、さっきから言ってることがちょっとおかしいよ。いつもの新太郎君らしくない」

「そうかな」

新太郎は腕を組んで難しそうな顔をして見せたが、すぐに笑みを浮かべた。

「もちろん、今までのは全部冗談だよ。僕だって本気で言ってたわけじゃない」

「やっぱりね」

「いや、今回は景子さんが直接関わってない事件だって言うし、ちょっと焦《じ》らしてみたくなったんだ。いきなり正解を言っても面白くないと思って」

「正解って、真相がわかってるの？」

「多分そうだろうなってことはね。ただ、わからないことがあるんだ。どうしてそんなことをしたのかってこと」

「誰が？」

景子が尋ねると、

「美濃隆敏を消した張本人だよ」

新太郎は思わせぶりに言った。

3

瞳は緊張していた。

これまで何度か京堂景子警部補と行動を共にしたことはある。しかし今回のようにふたりきりというのは初めてだ。いつもは生田《いくた》刑事や間宮《まみや》警部補のような先輩が一緒にいてくれた。特に生田刑事はその天然な言動で京堂警部補の集中砲火を一手に引き受けてくれていたから、瞳にとってはクッションのような役割を果たしていた。

しかし今日、生田はいない。なぜならこれは京堂警部補の班が担当している事件ではないからだ。本来なら当該捜査本部に情報を上げ、判断を仰《あお》ぐべき案件だった。言ってみれば今回の行動は完全な越権行為だった。

しかし京堂警部補は、どうしても自分で確認したいと主張した。そして同伴者に瞳ひとりを指名したのだ。

そのことに瞳は強い緊張と、そして大きな愉悦も感じていた。

あの京堂警部補が自分を相棒にしてくれたのだ。たとえそれが上から懲戒《ちょうかい》されるようなことであっても、いや、だからこそ尚更、自分を選んでくれた京堂警部補の期待に応えたいと思った。握るハンドルにもつい力が入る。

「車線、右に寄りすぎている」

後部座席から声がかかった。

「あ、すみません！」

まるで自動車教習所の講師に叱咤されたように、瞳は首を竦《すく》めた。

それからは慎重に車を走らせた。途中何度か言葉を口にしかけたが、結局何も言えなかった。

店の駐車場は空いていた。そこに車を停めると、先導するように先に立って店のドアを開けた。

「いらっしゃいませ」

声がかかる。瞳は店内を見回した。他に客の姿はない。

店員がこちらを見た。その表情が変わるのがわかった。瞳の顔を覚えているのだろう。

昨日と同じ席に座った。京堂警部補は向かい側に腰を下ろす。

店員が水のコップとお絞りを持ってやってきた。明らかに緊張している。

「レモンティーを」

注文してから、京堂警部補に視線を向ける。

「ストレートティー」

京堂警部補は言った。そしてすぐに立ち上がり、店の奥の洗面所へと向かった。

「あ、トイレはまだドアが……」

店員が言いかけた。しかしそれを無視して中に入っていく。

瞳は店員の様子を窺《うかが》った。顔色がよくない。

しばらくして京堂警部補が戻ってきた。無言で向かいの席に座る。問いかけたかったが、京堂警部補は視線で瞳の口を封じた。

店員がふたつのティーカップを持ってやってきた。京堂警部補の前にレモンスライスを添えた紅茶を置く。

「違う」

短い言葉だった。

「あ……失礼しました……」

それを瞳の前に置き直し、もうひとつのカップを京堂警部補の前に置いた。カップがテーブルに当たる音が妙に大きく聞こえた。

紅茶を一口啜ってから、京堂警部補が店員に尋ねた。

「トイレのドアの修理はいつから?」

威圧的ではないが、硬質な声音だった。

「あ……」

店員は言葉を失っているように見えた。

「今夜、業者が来てくれます」

厨房から声がした。

「そうか。その前に確認できてよかった」

警部補は言った。そして突っ立っている店員に眼を向けた。

「話を聞きたい。美濃隆敏のことだ」

店員の眼が大きく見開かれた。

「誰の、ことですか」

声はかすかに震えていた。

「この店から姿を消したと言われている男だ。彼は一昨日知立市で殺害された両親を残し、逃走した。そして昨日、この店に現れた。なぜだ？」

「なぜって……わかりません。たまたまだと思います」

「たまたま？　逃げている途中で偶然にこの店に立ち寄ったと？」

「だって、そのひととこの店、何の関係もありませんから」

「そうだろうか。知立から名古屋駅に出てそこからどこかに逃げるのならともかく、わざわざこちらへと向かうのは何らかの意図があってのことだと考えたほうが理解しやすい。こっちなら匿《かくま》ってもらえる誰かがいるとか」

「わたし……関係ありません」

「誰が君のことだと言った？」

「………」

「じつは昨夜、SNSで美濃隆敏のことを調べてみた。該当者は数名いたが、その中に知立在住の者がひとりいた。その人物の投稿を読んでいると――親が金持ちなのに家にある現金に手も触れさせてくれないとか、ほとんどが日々の愚痴のようなものばかりだったが——数人の人間とやりとりしているのが確認できた。特に頻繁に言葉を交わしていたのはふたり、そのひとりが『chako』という人物だ。素性は不明だが、投稿内容からすると若い女性、名古屋在住、飲食店に勤めていることが推察できた。ところで、君の名前は？」

店員は無言で応じる。

「言いたくないのならいい。すでに調べてあるからな。宅間千夜子《たくまちやこ》で間違いないか」

その名を告げられたとき、店員が息を呑むのがはっきりとわかった。

「『chako』が君であることを認めるか」

「わたし……でも……」

「でも？」

「……違うんです。あのひとは、違うの」

「何が違う？」

京堂警部補が重ねて尋ねる。しかし店員は小さく首を振ると、それきり何も言わなかった。

「それも言いたくないのか。後で後悔することになるぞ。では話を続けよう」

そう言うと警部補は、壁に掛かっている絵に近付いていった。

「『ムーラン・ルージュのラ・グーリュ』だな。ロートレックの作品の中でも有名なものだ。そして」

隣に掛かっている写真に眼を移す。

「なかなか粋な姿だ。今でも面影がある」

そう言って厨房に視線を向けた。

「最近のネットは地方の小さな喫茶店の情報も探せば出てくる。便利になったものだ。この店――『茉莉花』の評判も簡単に見つけることができた。紅茶が美味《おい》しいと書かれていた。そのとおりだったな」

「ありがとうございます」

再び厨房から声がした。

「ネットには紅茶の味以外のことも書かれていた。この写真だ。客のひとりが興味を持って、これは誰の写真かと店長に訊いたそうだ。すると店長は答えた」

「私ですよ。私の若い時分のものです」

マスターが厨房から出てきた。

「舞台に立っていた頃の？」

「ええ、もう引退しましたが」

「しかしまだ腕は衰えていない。頭の回転も速かった。彼女が刑事だと気付いたのは？」

いきなり京堂警部補に視線で指され、瞳は何を言われているか理解できずにどぎまぎした。

「店に入ってこられてすぐに警察の方だとわかりました」

マスターは答えた。

「え？　どうして？」

瞳は思わず声をあげる。マスターは言った。

「すぐに彼に眼を向けて考え込むような表情をされましたから。その後もずっと見つめていて、その後わざわざトイレに立つふりをして彼の顔を確認されました。テレビや新聞ではまだ彼の顔は公表されていませんでした。知っているとしたら、警察関係者くらいでしょう」

「態度があからさまだった、ということだな」

京堂警部補の視線が氷点下の冷たさになったような気がした。心臓が苦しくなった。

これか。これがいつも生田先輩が受けている氷の視線か。

「彼女は美濃隆敏の顔を確認した後、応援を要請するために店を出て電話をかけた。その隙にあなたは美濃を逃がすための細工をした」

瞳の動揺などおかまいなしに、京堂警部補はマスターに語りかけた。

「といっても、そんなに難しいものではない。洗面所の窓を開け、そこから彼が逃げ出したかのように装っただけだ。ドアをロックしたのは時間稼ぎだな。警察に、窓から外へ逃げ出すだけの余裕があったと思わせるためだ」

「え？　でも、ロックは？」

瞳は思わず口を挟んだ。

「どうやってドアをロックしたんですか。あのバーは内側からでないと動かせないのに」

「そう思い込んでいるのは、おまえの頭が固いからだ。外側からでも簡単に動かせる。これがあればな」

京堂警部補がバッグから取り出したのは麻雀牌ほどの大きさの金属だった。それにはクリップや鍵がくっついている。

「磁石、ですか」

「ネオジム磁石という強力なものだ。これをドアの外側から押し当て、内側にあるバーを動かせばロックできる」

「そんな特別なものが、ここにあるんですか」

「それほど特殊なものでもないらしい。電車やエレベーターに用いられる大型のものからハードディスクや携帯電話に使われる小さなサイズのものまでいろいろあるそうだ。それに、強力な磁石がここにあってもおかしくない。昔、商売道具として使っていただろうからな」

「商売道具？」

「手品のトリックだ」

瞳は壁に掛かっている写真を見て、それからマスターを見た。

「じゃあ、舞台に立ってたっていうのは……」

「ああ、このひとは元マジシャンだ」

そう言われたマスターは恭《うやうや》しく頭を下げた。

「セバスチャン鳥居《とりい》と申します。いや、申しました。今ではしがない喫茶店の主です」

「マジシャン……じゃあわたし、手品師のトリックに引っかかったということですか。なんて……なんて情けない」

瞳は思わず頭を抱えた。上司にとんでもない失態を暴露された。これでは刑事失格だ。

「いや、情けないのは私ですよ」

マスターは言った。

「うっかりして、あのひとの体型のことを考えずに窓を開けて、そこから逃げたかのように装ってしまった。あなたがそのことをあっさり見抜いてしまったので、あのときはかなり慌てました。さすがは刑事さんだ。眼のつけどころが鋭いですね」

「……でも、じゃあ美濃隆敏はどこに？　どこか他の出入口から逃がしたんですか」

「いえ、下手に外に出すと刑事さんの眼につく危険があると思いまして、この建物の二階に上がってもらいました。そこは私の居住スペースでしてね。そこにしばらく隠れてもらっていました」

「わたしたちがいる間、ずっと？」

「ええ、交番のお巡りさんが来て、他の刑事さんたちも来て、ああでもないこうでもないと思案されていた間も、ずっと」

「なんてこと……すぐ目の前にいたのに気付かなかったなんて……それで、今はどこに？」

「さあ、どこにいったのかわかりません」

マスターは肩を竦めて見せた。

「時代がかった台詞は言いたくないが」

京堂警部補の声が冷たくなった。

「隠し立てすると為にならないぞ」

「隠してなんかいませんよ。そんな――」

言いかけたマスターの声が途切れた。警部補の氷の視線に射すくめられ、言葉を失くしたのだ。

「知っていることを、話せ」

警部補の言葉がさらに五度ほど冷たくなった。

「あ……」

マスターが自分の胸を押さえる。息苦しそうだった。

「やめてください！」

叫んだのは、宅間千夜子だった。

「わたしが話します。だからマスターを責めないで」

警部補の視線が彼女に移る。とたんに千夜子は凍えたかのように身を震わせた。

「話せ」

警部補は短く言った。

「あ……はい。でも、あのひとは、違うんです。両親を殺してなんかいません」

その視線に抗するように、彼女は言った。

「どういうことだ？」

「ここに来て話してくれたんです、一昨日の夜のこと。夜の十一時過ぎに二階の自分の部屋にいたら、一階で物音がして降りてみたそうです。そしたらご両親が……死んでたって。そして自分もいきなり後ろから殴られて気を失って、気が付いたら朝になってたって。それで家を逃げ出したって」

「両親を襲った者に自分も襲われたというのに、なぜ気が付いたときに警察に連絡しなかった？」

「怖くなったそうです。自分が犯人だと思われるんじゃないかって。これまでも両親と何度も諍《いさか》いがあって、警察沙汰にまでなったと言ってました。そんな自分が『殺していない』って言っても信用してくれないだろうって」

「そんな……もっと警察を信用してもいいのに」

瞳は思わず言った。

「美濃さん、誰も信じられないって言ってました。家族も警察も誰も信じられないって」

「ではなぜ、美濃隆敏はここに来た？　君を信用して頼ってきたのではないのか」

警部補の問いかけに、千夜子は言った。

「他に、どうしようもなかったからです。わたし、SNSで美濃さんと何度かやりとりして……」

「どういうきっかけで美濃隆敏と知り合った？」

「同じアイドルが好きで、それで話が合って、そういう流れで」

「本当にその程度のことなのか。親も警察も信用しないと言う人間が、その程度の付き合いしかない赤の他人を頼ったというのか」

「だから、他にどうしようもなかったって言ってるじゃないですか！　美濃さんにとってその程度の付き合いが一番濃い付き合いだったんです！」

言い返した千夜子は、口惜《くや》しそうな表情で、

「わかってもらえないかもしれないけど、ネットでの関係のほうが現実の関係より信じられる人間だっているんです。わたしだって……わたしだって、そうなんだから」

「口を挟むようで申しわけないのですが」

マスターが言った。

「彼女の言葉を信じてください。そしてできれば、美濃さんの言葉も信じてやってください。私はここで彼の話を聞いて、彼は親御さんを殺してなんかいないと確信しました。だから匿ったんです」

「警察を人情話に絆《ほだ》されて許すような甘い組織だと思っているのか」

京堂警部補は冷たく言った。

「美濃には犯人と目されるに足る条件がある。犯行当時に現場にいたこと。その現場から逃げ去ったこと。被害者と諍いを起こしていたこと。もしも彼が犯人でないのだとしたら、警察の前に出て申し開きをするべきだ」

「もちろん、私だって情に流されただけで彼の無実を信じたわけではありません」

マスターは言った。

「彼が犯人ではないという証拠があるからこそ、そう申し上げているのです」

「証拠？　どんな？」

警部補が尋ねると、彼は小さく咳払いをして、

「彼の怪我です。ご両親が殺されているのを発見したとき、彼もまた何者かに襲われて昏倒したと言いました。私が確認したところ、たしかに彼の後頭部には殴られた傷がありました。かなり強く殴られていました。彼の証言を裏付けるものだと思います」

「実際に怪我をしていたとしても、それが自分自身で付けたものでないと言えるのか」

警部補に反論され、マスターは答えに詰まる。

「それは……難しいですね。しかし、私には彼が嘘を言っているとは思えなかったんです」

「それが真実か嘘か、確かめるためにも本人に話を聞きたい。もう一度訊く。美濃隆敏はどこにいる？」

しん、と店内の空気が冷たくなった。京堂警部補に見つめられたマスターだけでなく、傍にいる瞳まで寒気を覚えた。

「それは……う……」

マスターは苦しそうに声を洩らす。

「わたしが、わたしが話します！」

千夜子が叫んだ。

「美濃さんは、安城に行きました。もうひとり、ＳＮＳで繋《つな》がってる同じアイドル好きなひと

がいて……」

「たしか『ゆーりん』という人物だったな。安城近辺に住んでいると思われる情報が投稿の中にあった。その人物が美濃隆敏を匿っているのか」

「……はい」

「築山、詳しい情報を聞き出しておけ。その後で捜査本部に報告を」

「はい」

瞳が返事をすると、京堂警部補はその場を離れようとした。

「あ、警部補、どこに？」

「帰る。わたしはもともと、この事件の担当ではない。後は任せた」

そう言うと、警部補は店を出ていった。

4

その日の夕食は煮込みハンバーグだった。

「ハンバーグのタネをしゃぶしゃぶ用の牛肉薄切りで包んであるから、いつもと食感が違うよ」

新太郎の言葉どおり、薄切り肉の食感がプラスされただけで料理のグレードが何ランクか上がったように感じる。

「しかもこれ、真ん中にとろけるチーズが入ってる！　美味しい！　付け合わせのマッシュポテトの相性も抜群！　もお、新太郎君ってば天才！」

　景子は絶賛する。

「いや、これもいろんなレシピを読んで組み合わせてみただけだよ。でも我ながら美味しくできたかも」

　新太郎も微笑んだ。

「それで、美濃隆敏さんは見つかったの？」

「今、捜査員が安城に向かってるわ」

「喫茶店のマスターと店員さんは罪になるのかな？」

「そうなるわね。たとえ美濃が真犯人でなくても嫌疑を受けて捜査されている者を匿ったりした場合は、捜査の妨害をしたということで犯人秘匿《ひとく》罪が成立するわ。まあ、たいした罪にはならないと思うけど」

「本当の犯人でなくても罪になるんだ」

　新太郎は苦い表情になる。

「美濃さんが真犯人じゃないのに罪になるなんて、なんだかかわいそうだな」

「それはしかたないわよ。法律ではそういうことに——今、なんて言ったの？　美濃が真犯人じゃない？」

「うん、そうだよ。彼はご両親を殺してない」

新太郎は落ち着いた声で、しかしはっきりと断言した。

「え？　どうして？　どうしてそう言えるの？」

景子は眼を見開く。

「まず御飯を食べてよ。話はその後」

「んーもう、焦らすんだから」

不満を洩らしながらも景子は食事を済ませた。

食後、新太郎はマッカランのオン・ザ・ロックのグラスをふたつ用意してテーブルに置いた。

「さあ、話して」

景子はグラスを傾けながら尋ねる。新太郎は頷いて、

「美濃さんは階下で物音がして一階に降り、そこでご両親の遺体を発見した。その直後、何者かに後頭部を殴られ昏倒《こんとう》。気が付いたら翌朝になっていた。そこで犯人と疑われることを恐れ、逃げ出した」

「美濃の主張ではね。それが正しいというの？」

「正しいと思うよ。美濃さんの立場になって考えてよ。もしも彼が犯人でご両親を殺害したとしたら、普通はすぐにその場から逃げ出すんじゃない？」

「そうかもしれないけど、でも、犯行後ずっと現場に残っていた犯人もいないわけじゃないわよ。どうしたらいいのかわからなくて、ずっと考え込んでたりとか」

「うん、そういう例も知ってる。でも美濃さんが真犯人だった場合、わざわざ自分の頭に傷を

付けなくてもいいんだ。ずっと二階にいて気付かなかったと言えばいいんだから」

「物音がしたのに？」

「聞こえなかったと言えばいい。だってその夜も大音量でアイドルソングを聴いてたんでしょ。言い訳は立つよ」

「たしかにそうかも……でも……」

なおも抗弁しようとする妻に、新太郎は言った。

「それともうひとつ。凶器はバットだよね。それで自分の頭をどうやって殴るの？」

「それは……こうやって後ろ手に持って……」

景子は立ち上がり、両手を後に回した。

「それじゃあまり力が入りそうにないね」

新太郎は首を傾げて見せる。

「それに、美濃さんはそういうこともできなかったと思うよ」

「どうして？」

「だって百キロを超える巨漢なんでしょ？　それだけ太ってると手を後ろになんか回せないよ」

「あ……」

景子は言葉を失くした。

「もちろん僕が言ってるのは状況証拠だよ。でも僕は、美濃さんの無実を主張したいな」

「うーん……じゃあ、いったい誰が美濃夫妻を殺したのかしら？」

「そこまではわからない。でも……」

新太郎が言いかけたとき、景子のスマホが着信音を鳴らした。彼女はすぐに手に取る。

「築山からだわ……もしもし？」

景子の声も表情も瞬時に捜査一課京堂警部補のものに変わっていた。

「……ああ……そうか、見つかったか。それで？　……何!?」

彼女の表情が変わった。

「……本当か……わかった、後は捜査本部の連中に任せておけばいい。連絡ありがとう」

電話を切ると、景子は深い溜息をついた。

「どうしたの？」

夫が尋ねる。

「美濃が見つかったわ。遺体で」

「遺体!?　どういうこと？」

「殺されたの。『ゆーりん』に」

「ゆーりんって、SNSで美濃さんと親しかった……ああっ！」

新太郎は急に声をあげた。

「そういうことか！　ゆーりんが犯人なんだ！」

「そう、『ゆーりん』こと由利《ゆり》隆興《たかおき》が美濃夫妻を殺し、現金を奪い、逃げてきた美濃隆敏を殺したの」

「SNSで美濃さんは自分の家が資産家で現金を家に置いていると書いていた。それを読んだゆーりんが美濃家に忍び込み、両親を殺害して美濃さんを殴り倒し、現金を奪った。そういうことだよね？」

「ええ、そんな彼の許に逃亡中の美濃隆敏がやってきた。由利は彼が復讐にやってきたと思い、返り討ちにするつもりで再び襲ったの」

「なんて、ことだ」

新太郎は頭を掻きむしる。

「最悪の結果じゃないか」

「そうね。でも、防げなかった。隆敏がもう少し警察を信用してくれていたら、逃げないでいてくれたら、死ななくて済んだのに」

もうひとつ、景子は溜息をつく。そして自分の席に戻り、空になっていたウイスキーのグラスを手に取った。

「新太郎君、お悔やみの一杯を」

「……うん」

新太郎はマッカランのボトルを手に取った。

三曲目——雨にぬれても

出会いは、ちょっとした行き違いだった。

ラジオで聴いた「雨にぬれても」という歌がとても気に入って、父にレコードをねだった。わたしは好きな曲ができると延々と聴き続ける癖がある。

父はわたしの願いを聞き届け、すぐにドーナツ盤を買ってきてステレオにかけてくれた。

でも最初の一音を聴いた瞬間、あれ、と思った。違うのだ。わたしが聴きたかった音ではない。

その盤に入っていた曲には歌がなかった。でも旋律は間違いなく「雨にぬれても」だった。

理由は母が教えてくれた。そのレコードのジャケットには「バート・バカラック指揮のオーケストラ」とあった。わたしはB・J・トーマスが歌っているものが欲しかったのに、父は作曲者であるバート・バカラックが演奏しているインストゥルメンタルの盤を買ってきたのだ。

わたしはひどく落胆した。買い直してくれと父に言ったが、父は「曲は同じなんだからこれを聴けばいい」と聞き入れてくれなかった。父は音楽に関してはあまり思い入れのないひとだったのだ。

しかたなくわたしは、そのレコードを聴いた。最初はあまり気乗りしないまま、でもせっかく買ってもらったのだからと何度も聴いた。

そのうちにわたしの心境に変化が生じてきた。このバート・バカラック盤がとても気に入ってきたのだ。母に頼んで繰り返しレコードをかけてもらった。聴くたびにブラスやストリングスの伸びやかな音色に魅入《みい》られた。

しばらくしてラジオでまたB・J・トーマス版の「雨にぬれても」を聴いた。しかし自分でも不思議なことに、あんなに惚れ込んだ彼の歌が妙に物足りなく感じてしまった。もうわたしの中ではバート・バカラックの演奏こそが「雨にぬれても」となってしまったのだ。

その年の誕生日、わたしは父にバート・バカラックのLPレコードを買ってもらった。

それはわたしにとっては文字どおり宝物のようなレコードだった。「雨にぬれても」はもちろん「プロミセス・プロミセス」「遥かなる影」「恋よさよなら」「アルフィー」「恋の面影《おもかげ》」「エイプリルフール」……こうしてタイトルを口にするだけでも心が震えてくる。人間はこんなにも美しいメロディを作り出すことができるのかと思うほどの名曲ばかりだ。わたしは毎日毎日、それこそレコードの溝が磨り減るほど聴いた。

ある日、いつものようにバカラックを聴いていると、父が近くにやってきた。しばらくわたしの傍で黙っていたが、不意に、

「この曲、いいな」

と、呟くように言った。「雨にぬれても」が流れていた。

父が音楽のことでわたしに話しかけるようなことはそれまでなかったので、ちょっと驚いた。続けて父は、紅茶飲むか、と言った。わたしが頷くと、温かいカップを持ってきてくれた。受け取って口許に近付けると、シナモンの香りがした。わたしはまた驚いた。父はシナモンの香りが好きではなかったと思っていたからだ。

「どうして？」

と訊くと、

「おまえが何度も何度も聴くから、耳についてな」

と言った。わたしはどうして紅茶にシナモンを入れたのかと訊いたつもりだったが、あえて問い直さなかった。父がわたしの好きな曲を好きになってくれた。父がわたしの好きな香料を紅茶に入れてくれた。それだけで嬉しかった。

その後もたびたび、父とシナモンティーを飲みながら——父の紅茶にシナモンが入っていたかどうかはわからないけど——バカラックを聴いた。

父の葬式のとき、母に頼んで花と一緒にシナモンスティックを一本、棺《ひつぎ》に入れてもらった。

「お父さん、シナモンなんて好きだったかしら？」

そう訊く母にわたしは答えた。

「これはわたしとの思い出の香りだから」

きっと今でも父は、シナモンの香りとともにわたしのことを思い出してくれていると思う。そしてバカラックの音楽も。

1

ゴールデンウィークとは映画業界で生まれた言葉だと聞いたことがある。五月の連休中は映画館も観客動員が見込める稼ぎどきだから、という意味らしい。

その意味ではわたしもゴールデンウィークだったな、と築山瞳《つきやまひとみ》は自嘲気味に思った。連休の開始早々コンビニ強盗事件の捜査に加わり、それがスピード逮捕で解決したと思ったら続いて隣人トラブルからの傷害事件に関わった。それも片付き、一息ついたところでこれだ。まったく、よく働かされる。

現場は名古屋市中村区《なかむら》、鳥居通《とりいとおり》にかかっている歩道橋の上だった。ここから見ると明るくなりはじめた空が刻々と色を変えていく様がわかる。下を通り抜ける車の中にも照明を灯さなくなっているものがちらほら見かけられた。

昨夜に降った雨は地面を濡らしたままだった。もちろん歩道橋の床も、そして鑑識が持ち込んだ照明に照らされて横たわる遺体も、すっかり濡れていた。

四十歳代後半くらい、大柄で皮下脂肪も内臓脂肪も多そうな体型をしていた。頭髪は薄くなりはじめていて、頭頂部はすっかり地肌が見えていた。身に着けているのは小豆《あずき》色のジャージ上下に青いスニーカー。肩から合皮のボディーバッグを掛けている。近くに開いたままの傘が落ちていた。

歩道橋は狭いので、捜査員も限られた人数が入れ代わりにしか上がれない。瞳が遺体を見ることができたのも現場に来てしばらく経ってからだった。その短い間に情報を入手する。後からやってくる上司に報告するためだ。

歩道橋を降りると時刻を確認する。午前四時五十五分。

パトライトを灯した車がすぐ近くに停車した。中から出てきたのは、いつもの三人だった。

「おや簗山ちゃん、今日も早いね」

声をかけてきたのは運転席から出てきた生田《いくた》刑事だった。

「もしかして事件が起きる前からここにいる?」

「まさか。たまたま皆さんより早く着いただけです」

そう言って瞳は生田の後からやってきた先輩と上司に向き直った。

「お疲れさまです。現場はこの歩道橋の上です」

「歩道橋の?　仏さんはそこにおるんかね?」

間宮《まみや》警部補に訊かれる。

「はい、確認されますか」

瞳が言うと、

「その前に情報を」

間宮の後から歩道に立った京堂《きようどう》警部補が言った。いつもどおり冷静な口調だ。

「あ、はい」

瞳は手帳をめくりながら報告を始めた。

「遺体は今日午前四時頃、近くに住む櫛田《くしだ》和康《かずやす》さんが発見、通報されました。櫛田さんは早朝ウォーキングでいつもこの歩道橋を渡っているそうです」

「こんな早いうちからウォーキング？　ご苦労さまだなあ」

生田が感心しているのか馬鹿にしているのか判断しにくい口調で言った。瞳はかまわず続ける。

「四時二十八分には最初の警察官が到着。現在検視が行われている最中です。遺体の身許は持っていたバッグから見つかった免許証によると田巻《たまき》英治《ひではる》さん、住所は中村区元中村町《もとなかむらちょう》一丁目。この近くです。死因などはまだわかっていませんが、死亡推定時刻は恐らく午前二時半から三時半の間。遺体の後頭部に打撲痕がありました。見たところ致命傷となり得る傷だそうです」

そこまで報告してから一拍置き、

「それと遺体が着ていたジャージのポケットから気になるものが発見されました。紙片です」

「しへん？　ああ、紙切れのこと？」

生田の言葉に頷き、

「手帳の一ページを破り取ったもののようです」

「何か書いてあるのか」

京堂警部補が訊いた。

「はい。『極悪人へ復讐完了』と」

「ふくしゅう？　予習復習の復習？」

また生田が口を挟んだ。冗談で言っているのか本気なのかわからず、瞳は口籠《くちご》もる。

「あ、あの、リベンジのほうの『復讐』です」

「そうだよねえ。この状況で勉強の復習ができたとかそんなことわざわざ書かない――」

「生田」

その一言で充分だった。生田は体を硬直させて沈黙した。京堂警部補は続けて言った。

「現物を見たい」

「鑑識から借りてきます。少々お待ちください」

瞳は歩道橋を駆け上がり、すぐに戻ってきた。そして手に持っているビニール袋を上司に差し出す。中に収められているのは罫線《けいせん》の入った紙だった。十字に折り目が付いている。そこに殴り書きのような文字で「極悪人へ復讐完了」と書いてあった。

京堂警部補はその紙片をじっと見つめていた。間宮と生田も脇から覗き込んでいる。

「万年筆で書かれとるな」

「間宮さん、わかるんですか」

「それくらいわかるわ。ブルーブラックのインクだがね」

瞳も回り込んで紙片を見た。文字には滲《にじ》みもなかったが、筆跡がわからないくらい乱暴な書きかたで読みにくかった。

「復讐……か」

京堂警部補が呟いた。あらためてその言葉の意味を認識し、瞳は気が重くなった。

「他殺だな、これは」

彼女の気持ちを代弁するように、生田が言った。

2

中村署に設けられた捜査本部での第一回会議は、その日の午前中に行われた。

瞳は隅の席に座り、手帳を広げて次々に上がってくる報告を書き留めていく。

死んでいたのが田巻英治であることは、すぐに確認された。田巻の妻が呼び出され、遺体と対面したのだ。

その妻の話によると、田巻は昨日、自宅でビールを飲み午後十一時過ぎに眠ったが、午前二時三十分頃に眼を覚まし、またビールを飲みたいと言いはじめた。しかし家の買い置きはすべて飲んでしまったので、コンビニへ買いに出かけた。そして、そのまま帰ってこなかった。

「田巻の自宅からコンビニへ行くには、現場である歩道橋を利用するのが一番の近道であります」

報告した間宮警部補は地図を示しながら説明した。

「自宅を出たのが二時三十分過ぎとして、自宅から歩道橋まで歩いて七分少々かかります。田巻が歩道橋に登ったのは二時四十分前後ではないかと推測されます」

「目撃者はいないのかね？」

捜査本部長である中村署の宮崎《みやざき》署長が尋ねる。

「現在聞き込み中ですが、今のところ目撃者は見つかっておりませんわ。付近の住民の話によると、歩道橋近辺は深夜になると人の往来はほとんどなく、ましてや歩道橋を利用する者もまずいないということですし」

「歩道橋を使わずに車道を直接渡ってしまったほうが楽だし早いということだな。まあ夜中なら、たいていの人間がそうしてしまうだろうな」

そう言ってから署長は、ふと思いついたように、

「しかし、じゃあどうして田巻は歩道橋に上がったんだ？　わざわざ歩道橋を利用しなきゃならないことがあったのか。もしかして、それがこの事件を解く鍵になりはせんかね？」

と、探偵よろしく推理を展開してみせる。すると間宮は言いにくそうに、

「そのことですがなあ、田巻があの道路を渡るために歩道橋を使っとったということは、田巻の妻の証言により確認が取れておるんですわ」

「確認？　どういうことだ？」

「半年前、田巻はやはり深夜に鳥居通を横断しようとしたとき、歩道橋を使わずに車道に出て車に撥《は》ねられとります。そのときは打撲で済んだようですが、それに懲《こ》りて以後はどんなとき

でも歩道橋を使うようになった、と妻は言っとります。なので今回も自分から歩道橋を使ったのだと考えられます」

「そうか……」

署長はあからさまに落胆する。その様子を京堂警部補が冷淡な視線で見つめているのに、瞳は気付いた。あんなふうに見られたら、たとえ上司でも寿命が縮むだろうな、と同情する。事実その視線に気付いて、署長はあからさまに体を硬直させた。

次に死因についての報告があった。といっても解剖はその日の午後になる予定なので確実なことはまだ言えないようだったが、後頭部を強打したことによる脳挫傷が原因である可能性が高い、とのことだった。

「その件に関連しまして、歩道橋の欄干《らんかん》にわずかな血痕と毛髪が付着しているのが発見されました」

別の刑事が報告した。

「昨夜来の雨でほとんどが流されていましたが、鑑識員の努力によって見つけられたものです。現在被害者との詳しい照合を行っていますが、まず本人のものと見て間違いないとのことです」

「では、被害者は欄干に頭を打ちつけて絶命したということか」

「傷の形状、角度、位置などから推察して、そう考えるのが妥当かと」

「まさか、事故ということか。足を滑らせて頭を打ったとか」

署長の問いかけに、その刑事もまた言いにくそうに、

「歩道橋の床は滑り止め加工がされていますし、水溜まりもありませんでした。滑るような状況ではなかったと思われます」

「しかし田巻は酒を飲んでおったんだろ？　酔っぱらって足をもつれさせたとか、そういうことだってあり得るんじゃないか」

署長は事故説に拘《こだわ》っているようだった。事件性のないものとして早々に片付けたがっているのかもしれない、と瞳は思った。

「署長」

そのとき、不意に会議室内の空気が冷たくなった。京堂警部補が声を発したのだ。

「現場の写真をもう一度見ていただきたい。欄干の高さはほぼ一メートル。足をもつれさせて倒れかかったとして後頭部を打つことはない」

「あ、えっと……」

署長は写真を確認して、

「そう、かもしれないな。しかし、では――」

「どうして欄干に頭を打ちつけたのか。考えられるのは故意によるものだ。自分から後頭部を打ちつけにいったか、あるいは誰かに打ちつけられたか」

「あの」

我慢できず瞳は手を挙げた。

「所見では田巻さんの着ていたジャージのファスナーが破損していたことがわかっています。

奥さんの話では出かけるときには異常なかったとのことなので、誰かと争って壊れたものではないかと考えられます。それとポケットから出てきた紙片に書かれていた『極悪人へ復讐完了』という言葉から考えても……」

ふと、差し出がましいことを言ってしまったかと周囲を見回す。

「うちの築山の言うとおりだ。これは故殺と断定していい」

京堂警部補が言った。瞳は内心ほっとする。

「では今後はその線で捜査を進めること。で、いいですね？」

警部補に念を押され、署長は蒼白となった顔で頷く。

「あ、ああ……そういうことにしよう」

署長が胃のあたりを押さえているのが、瞳のいる場所からも見えた。かなりのストレスを背負わされているようだ。

会議終了後、瞳は中村署の刑事と組んで聞き込みに向かった。彼女の担当は被害者の田巻英治が勤めていた中川区《なかがわ》の房崎《ふさざき》造園という会社だった。田巻はここで庭師の仕事をしていた。

「田巻ちゃんが死んじゃったとはねえ。驚いたよ」

社長の房崎逸也《いつや》は眼鏡を拭きながら言った。

「こう言っちゃなんだけど、そう簡単に死ぬような人間とは思えなかったなあ。あ、でも、面倒はいろいろ抱えてたか」

「面倒というと？」

「借金だよ。もっとも田巻ちゃんは貸したほうだけどね」

「誰に貸していたんですか」

「同僚の竹間《たけま》ちゃん。竹間尚人《なおと》。結構貸してたみたいだよ」

「その竹間というひとは、いますか」

「ああ、いると思う。呼んでこようか」

房崎が連れてきたのは顔色の悪い三十代くらいの痩せた男だった。瞳が警察手帳を提示すると、ひどく怯えたような表情を見せた。

「俺、何もやってないっすよ。知らないっす」

何も言わないうちから、こんな態度だった。

「田巻英治さんとは、借金でトラブルがあったとか」

瞳が単刀直入に尋ねると、竹間の動揺はさらに激しくなった。

「い、いや、たしかに金は借りてたけど、そんなことで田巻さんをどうとかって、そんなことは——」

「いくら借りていたんですか」

言い訳は聞かず、質問を続けた。

「その……二十万くらい……」

実際はもう少し多そうだな、と瞳は思う。

「いつ返済することになっていたんですか」

「それは……その、近いうちに……馬券が当たればなんとか」

「田巻さんから催促はされていましたか」

「一応は……でも、そんなことで殺したりとかしないっす」

「昨夜の午前二時半から三時半の間、どこにいましたか」

「二時半……その時間は、寝てました」

「それを証明してくれるひとはいますか」

「あ、その、女房が一緒にいましたから……」

房崎造園を後にすると、瞳はその足で八田《はった》にある竹間尚人の家に向かった。一戸建てで、前に二台分の広さの駐車場があった。停まっているのは赤い軽自動車が一台だけだった。

「主人は、はい、ずっと寝てました」

出てきた竹間の妻は言った。ひどく表情が硬い。

「ご主人の同僚の田巻英治さんのことはご存じですか」

「はい……」

「ご主人が田巻さんに借金をしていたことも?」

「……知ってます。でも、返す当てはあるって」

「当てというのは?」

「それは……」

妻は口籠もる。

「競馬ですか」

「……今度は当たるからって。今度こそ間違いないからって……」

その後もいくつか質問をしたが、芳《かんば》しい答えは返ってこないまま、その場は終わった。

玄関のドアが閉まる。瞳は思わず舌打ちしそうになった。

「失敗だった……」

「何がですか」

同行していた中村署の刑事が訊いた。

「彼女は夫と口裏を合わせてます。わたしたちがここに着くまでに竹間が連絡を入れていたんでしょう。彼と話してすぐに彼女に電話を入れて尋ねておくべきでした。そうすれば矛盾を突けたのに」

悔しい思いを嚙みしめながら家から離れようとした。そのときふと、竹間家の駐車場に眼が行った。

「……ちょっと待って」

瞳は駐車場に入った。空いているスペースはコンクリート床が濡れている。停まっている軽自動車の下を覗き込んだ。そちらは乾いていた。

少し考え、スマホを取り出した。

「この前の雪の事件のときに電話したから履歴が残ってるはず……」

そう呟きながら、発信履歴から名古屋地方気象台の番号を見つけ出し、電話した。

必要な事柄について確認を済ませると、瞳は刑事に言った。

「もう一度、話を聞きます」

再度インターフォンを押す。出てきた竹間の妻は困惑した表情で、

「あの……まだ何か？」

「ご主人は昨夜、何時に帰宅されました？」

瞳は尋ねる。

「帰ってきたのは……夜の九時半くらいでしたけど」

「今日、出勤されたのは？」

「朝の七時半です。いつもそうですから」

「家に帰られてから、ご主人はずっと出かけなかったのですか」

「はい」

「夜も寝ていた？」

「それは、さっきも言いました」

妻の表情に苛立ちの色が差した。瞳は言った。

「昨夜、このあたりでは午後十時四十分頃から雨が降りはじめて翌午前三時頃には止んでいました。その間ずっと車が駐車場に停まっていたら、車の下になっている部分は濡れなかったはずです。しかし今、ご主人の車が停められていたスペースの床は濡れています。つまり、雨が降っている時間帯に車がそこになかったということになります。違いますか」

「あ……」

妻は口を半開きにしたまま硬直した。

3

その日の二度目の捜査会議は午後十時半に行われた。

瞳は満を持して自分の捜査結果について報告するつもりでいたが、その前に重要な報告がなされた。それは生田刑事からもたらされたものだった。

「田巻英治と高校時代から知り合いの松岡隆《まつおかたかし》という男がいるんですが、そいつと田巻との間にトラブルがあったみたいです。なんでも高校生だった頃に松岡と付き合っていた女性が二十年前に自殺したそうなんですが、その自殺の原因が田巻にあるということが最近になってわかったそうで」

「どんな原因なのかね?」

署長が尋ねると、

「男と女のあれこれみたいですね。それと金。女性は田巻に騙されて借金を背負わされて、それで自殺したんだそうです。その事情を知っていたのが自殺した女性の親友で、これが今の松岡の奥さんだそうなんですが、その奥さんとふたりで居酒屋で飲んでたときに、酔った勢いで奥さんがその話をしたみたいなんですね。それで松岡が激昂《げっこう》しちゃって『田巻の奴、殺してやる！』とか怒鳴って店を飛び出したそうです」

「それは、いつの話だ？」

　京堂警部補が訊いた。

「それがですね、なんと昨日の夜だそうです」

　生田は自慢げに答える。

「さらに面白いことにですね、その居酒屋というのが現場のすぐ近くにあるんですよ」

「松岡が店を出たのは何時だ？」

「店の人間が覚えてました。午前三時ちょうどだそうです。調べてみたんですけど、居酒屋から現場の歩道橋まで歩いて七分くらいなんですよね。だから松岡と田巻が歩道橋で鉢合わせして喧嘩になった可能性はあると思うんです」

「なるほどなあ。あり得る話だ」

　署長が唸《うな》った。

「それで、松岡に話を訊いたのかね？」

「もちろんですよ。でも自分はやってないと言い張ってます。店を飛び出した後しばらく付近を歩きまわっていたのは確かだけど、田巻とは出会わなかったし、ましてや殺してなんかいないと。でもまあ、素直に私が殺しましたって白状してくれる犯人ってそんなにいませんしね」

「これは、ちゃんと調べてみる必要があるな」

そう言ってから署長は京堂警部補の様子を窺《うかが》うように見て、

「どう思うかね、京堂君？」

「仰《おつしや》るとおり、最優先で調べるべきでしょう」

警部補は答えた。

会議室の空気が一変した。重要な容疑者が見つかったという事実が捜査員たちを奮い立たせていた。

ただひとり、築山瞳を除いては。

「あの」

瞳は手を挙げた。

「わたしのほうからも報告があります。有力な容疑者についてです」

竹間尚人について調べた内容を告げた。

「竹間にも動機があります。アリバイも曖昧です。わたしが駐車場の濡れ跡を見て追及しても、竹間の奥さんは『自分は知らない。夫はずっと寝ていた』と主張するだけでした。しかし床が濡れていた以上、竹間の車は雨が降っている間に駐車場を出たことは間違いありません」

「その矛盾について竹間自身は何と言っているんだ？」

「妻と同じく『帰ってから車は動かしていない。自分はやっていない』の一点張りです。わたしの感想では、どちらも嘘をついていると思われます」

「うーん、そっちも怪しいなあ」

署長は腕組みをして、

「どう思うかね、京堂君？」

先程と同じ問いかけをした。

「そちらも話を聞きましょう」

京堂警部補は即断した。

「松岡隆と竹間尚人、ふたりとも任意で引っ張りましょう」

4

翌日、中村署に呼び出された松岡隆は、犯行を否認した。

自分は田巻を殺してなどいない、一昨日は彼に会ってもいない、と、取り調べの刑事に対して言い張った。

「だいたい二十年も昔のことで、友達を殺したりしますか。そりゃ女房に初めてあの話を聞かされたときは、むかっ腹が立って『殺してやる』くらいのことは言ったかもしれません。でもそれは一時の気の迷いです。本気で言ったんじゃありません。信じてください」

田巻の遺体から発見された紙片についても、

「復讐？　そんな、まるで自分がやったって自白しているようなものをわざわざ書くわけないじゃないですか。冗談じゃない」

と否認した。

一方、竹間尚人も田巻英治殺害については頑として否認し続けた。

「俺、やってないっすよ。ほんとですって。信じてくださいよ。借金はほんと、次に馬券が当たったら返すつもりだったんですから。田巻さんも待ってくれるって言ってくれました。ほんとです。俺が田巻さんを殺すわけがないじゃないっすか」

夜中に車を出した形跡があることについて追及されても、

「ほんとに俺、ずっと寝てましたから。普段は寝付き悪いんですけど、あの夜は気を失ったみたいに朝まで起きませんでしたって。車なんか使ってませんよ」

と、言うだけだった。

一応、ふたりとも事情を聞いた後は家に帰された。まだ逮捕できるほどの証拠もなかったからだ。

「どっちかなあ」

生田が首を捻《ひね》る。

「どっちかねえ」

間宮も頭を掻いた。

瞳は何も言わなかったが、思っていることは同じだった。どちらが犯人なのか。

ちらりと横を見る。京堂警部補は黙って眼を閉じていた。

捜査本部とは別の小さな会議室にいるのは京堂班のメンバーだけだった。意見をまとめるために警部補が招集したのだ。四人は椅子に腰掛け、向かい合っている。

「どっちも決め手に欠けるんだよなあ」

生田が言った。

「あの紙切れはどうだ」

と、間宮が言う。

「あれには『極悪人へ復讐完了』と書いてあった。これは復讐のための殺人だわ。ってことは、田巻に恨みを持っとった松岡が犯人」

「でも松岡自身が言ってるでしょ。わざわざ自分が犯人だとわかるようなものを残したりしないって」

「そらまあ、そうだけどよ」

「もっと証拠があればなあ。雨のせいで流されちゃったのかなあ」

「雨……」

瞳は呟いた。何かが引っかかる。

雨……雨が降る……雨が止む……。

「……あ」

「どうした？」

間宮が尋ねた。瞳は瞬間に自分の考えをまとめ、言った。

「松岡は犯人じゃありません」

「どうしてだ?」

「雨です。あの日、雨は午後十時四十分頃からで翌午前三時頃には止んでいました。でも松岡が居酒屋を出たのは午前三時すぎ。雨が止んでから店を出てるんです。その後で彼が田巻と遭遇して犯行に及んだとしたら、それは雨が降っていない時刻のことです。田巻の体が雨に濡れるわけがない」

「あ、なるほど」

今度は生田が声を洩らした。

「ってことは、松岡は犯人じゃない。つまり竹間が犯人ってこと?」

「竹間は雨が降っている間に車を出し、雨が上がる前に田巻と会った。もしかしたら借金を返すからとか理由を付けて待ち合わせをしていたのかもしれません。そして田巻を殺害した」

「なるほど」

間宮も頷く。

「築山、なかなかええ考えだわ」

先輩ふたりに支持され、瞳は少しだけ気持ちが高揚した。

「どうでしょうか、京堂さん」

興奮を抑えながら上司に尋ねた。

京堂警部補は眼を閉じたままだった。何の反応もない。瞳は高まった気分が急速に冷えていくのを感じた。

「……駄目でしょうか、わたしの考えは」

おずおずと尋ねる。

と、警部補が眼を開けた。

「乾いていた」

呟くように言う。

「え?」

「濡れてなかったんだ」

「何がですか」

「紙切れだ。『復讐完了』と書かれていた紙」

京堂警部補は捜査資料の中から、その紙片の写真を取り出した。

「前から変だと思っていた。田巻の体はかなり濡れていたのに、ジャージのポケットから出てきたこの紙切れは」

と、その写真を指差す。

「見ろ。文字が滲んでもいない」

瞳は写真を見つめる。言われたとおり、たしかにその紙には濡れた痕跡がなかった。

警部補の言葉を、瞳は咀嚼《そしやく》した。そして、その意味を理解した。

「そういうこと、ですか」

「え？　何？　どういうこと？」

生田がきょとんとした顔になる。

「田巻の体が濡れた後、紙切れがポケットに入れられたんです」

瞳は説明した。

「雨が降っている間に田巻は殺された。そして雨が上がった後、誰かが紙切れをポケットに入れた」

「殺した奴と紙切れを入れた奴が別人ってことか」

「そう考えると辻褄《つじつま》が合います。殺害犯はやはり竹間尚人で、彼をかばって松岡を犯人に仕立てようと目論《もくろ》んだ人間が紙切れを入れた」

「誰がそんなことを？」

「それは……もしかしたら、竹間の奥さんがやったのかも」

思いつきで瞳は言う。

「夫が車で出ていったのに気付いた奥さんが自分の車で追いかけた。そして遺体を見つけ、夫の犯行だと見抜き、警察の追及を他に逸《そ》らすために紙切れを――」

「違うな」

瞳の推論を断ったのは、京堂警部補だった。

「竹間の妻が夫の後を追ったとしても、そう都合よく田巻の遺体を見つけられるとは思えない。歩道橋の上にあったんだからな」

「それは……そうですけど……」

上司に考えを否定され、瞳は意気消沈する。

「じゃあ、誰が紙切れを入れたんですか」

生田が尋ねると、警部補は言った。

「もちろん、田巻を殺した人間だ」

「え？　だって、田巻は濡れてるのに紙切れは濡れてないって——」

「田巻を濡らした後、紙切れをポケットに入れたんだ」

「殺してから雨が止むのを待って紙切れを入れたってことですか」

生田の質問は、警部補の冷たい視線に撥ねつけられた。

「おまえは何を聞いている？　わたしは『田巻を濡らした後』と言ったぞ」

「あ、そうか！」

瞳は気付いた。

「田巻の遺体に水をかけたんですね」

「単純なことだ。雨が止んだ後に田巻を殺し、そのあたりに溜まっている雨水をかけて彼がさも雨が降っている間に殺されたかのように見せかけた」

「ということは、犯人は松岡か」

間宮が言った。

「あ、でも変ですよ」

すかさず生田が口を挟む。

「松岡が犯人なら、わざわざ『極悪人へ復讐完了』なんて自分を指し示すようなことを書いて残したりしないでしょ」

「同じことを松岡自身が言っていた」

警部補が言った。

「それが彼の狙い目だ。自分を不利にするような証拠を残したりするわけがないと警察に主張するために、あえてそんなものを書いた。事実、それがもっともらしく聞こえたから、我々は彼を犯人とすることに躊躇《ちゅうちょ》してきたんだ」

なるほど、と瞳は思った。遺体に水をかけて犯行時刻を雨上がり前だと誤認させる程度のトリックなら見抜かれる恐れがある。だから二段構えで追及を逸らそうとしたのか。

「でも、紙が濡れてなかったのはなぜですか。松岡がやったなら紙をポケットに入れてから水をかければよかったのに」

「うっかり水を先にかけちゃったのかな」

と、生田。しかし京堂警部補は首を振る。

「それも紙切れが自分を陥れるための偽の手掛かりだと思わせるための作為だろう。松岡の犯行は衝動的なものだが、その後の隠蔽工作は念入りだ」

「けどよ」

と間宮が言う。

「どれも状況証拠ばっかりだわな。それに、竹間犯人説が完全になくなったわけでもないし」

「それは認めます」

京堂警部補は素直に言った。

「しかし松岡のほうが容疑は濃い。重点的に捜査して尻尾を掴むしかないでしょう。この考えはこれから宮崎署長に伝えます。そしてこれから松岡を――」

そのとき、会議室のドアが乱暴にノックされた。入ってきたのは中村署の刑事だった。

「京堂警部補、たった今、連絡が入りました」

彼の顔は青ざめていた。

「竹間尚人が死んだそうです。首を吊って」

「なんだと!?」

警部補の顔色も変わった。

5

「今日はカボチャが安かったんだよ」

そう言って新太郎《しんたろう》がテーブルに置いたのはカボチャと鶏挽肉《とりひきにく》の煮物だった。少し甘味のある醬油《しょうゆ》味で、片栗粉を使ってとろみを付けている。他にはホウレンソウのお浸しと湯葉の味噌汁、彼が漬けたキュウリも添えてある。

夫の料理を目の前にして、しかし景子《けいこ》の表情は冴えなかった。小さく溜息さえついている。

「どうしたの？　カボチャ気に入らなかった？」

「ううん、違うの。なんか食欲がなくて」

「何か食べてきた？」

「朝、食べたきり。昼も夜も抜き」

「じゃあ食べなきゃ」

新太郎は言った。

「食べてから、話そう」

「……うん」

景子は頷き、箸を手に取った。餡《あん》のかかったカボチャを口に運ぶ。

次の瞬間、彼女の眼が見開かれた。

「……うわ、美味《おい》しいこれ」

「でしょ」

「カボチャに味が染みてるし、挽肉との相性もいいわ」

それで食欲に目覚めたのか、景子の箸が止まらなくなった。たちまちのうちに料理を平らげる。

「あー、ごちそうさま。美味しかった」

「どういたしまして。少しは元気、戻った？」

「あ、うん。さっきまで地の底にいるみたいだったけど、ちょっと浮上できたみたい。落ち込みの原因は仕事のことだけじゃなくて、単にお腹が空いてたからでもあったみたいね」

「ちゃんと食べられて、美味しいと思えるうちは、まだ大丈夫だよ。甘いもの、食べられる？またカボチャだけど」

「食べる食べる。今ならカボチャ一個丸ごと食べられる」

　じゃあ、と新太郎が出してきたのは、パイだった。

「パンプキンパイ。添えるのは当然、これ」

　ティーカップに注がれた紅茶に、シナモンスティックが添えられている。

「あいにくと、さだまさしの歌みたいにバラの形の角砂糖はないけどね。シナモンティーとの相性はいいはず」

「このパイも新太郎君が作ったの？」

「初体験でした。お菓子作りは難しいね」

　それでも味は上々だったようで、景子はパイを一気に食べてしまう。

「美味しいわこれ。お店に出せる」

「いやいや、まだそこまでは」

　謙遜《けんそん》しながら新太郎もパイを口に運ぶ。

「……ちょっと甘味が薄いかな。カボチャの味に左右されるのかも……あ、そんなことより、景子さんのお悩みは?」

「それなんだけどねえ……部下の前で大恥かいちゃったの」

景子はシナモンティーを飲みながら歩道橋で起きた殺人事件の顛末《てんまつ》について話した。

「新太郎君の真似して推理を披露したのはいいけど、そのすぐ後で竹間の自殺というニュースが飛び込んできてね。事件は急転直下よ」

「自宅で首を吊ってたの?」

「うん。で、パソコンで打った遺書も残ってた。『田巻英治を殺したのは自分です。死んでお詫びします』って」

「自宅のどこで首を吊ってたの?」

「寝室。ベッド脇の鴨居《かもい》に紐をぶらさげて。やっぱり竹間が夜中に車で家を出て田巻を殺したってことかしらねえ」

「うーん……」

新太郎は腕を組んで考え込む。

「なんかねえ、引っかかるんだよねえ」

「何が?」

「それがまだ考えがまとまってなくて、自分でもわからないんだ。ちょっと時間をくれないかな」

そう言うと新太郎はシナモンスティックを手にしたまま動かなくなった。こうなると、どうしようもない。景子はしばらく夫をそっとしておくことにした。

五分ほどしてからだった。

「景子さん」

不意に新太郎が声をあげた。

「すぐに松岡隆さんの家に警察の人間を向かわせて。安否を確認したい」

「松岡？　安否？　どういうこと？」

「説明は後から。誰でもいいから行かせて」

「わかった。すぐに手配する」

景子は自分のスマホを手に取った。

「……もしもし、生田か。今はまだ捜査本部か」

てきぱきと指示した後、電話を切って新太郎に向き直った。

「さあ教えて。どういうこと？」

「ひとつ気になったんだ。被害者の田巻さんが夜中に起きだしてビールを買いに行ったという情報は誰から？」

「それは、田巻の奥さんからよ」

「田巻さんがどんなときでも歩道橋を使うという情報は？」

「それも奥さんから」

「じゃあ、竹間さんが夜中に家を出なかったと証言しているのは？」

「本人と、奥さん」

「松岡さんが田巻さんを恨むようになったのは、いつ？」

「事件のあった夜ね。奥さんから昔の恋人のことを聞かされて……」

「そう。みんなそれぞれの奥さんがキーになってる。一番気になるのは、松岡さんの奥さんだ。二十年間ずっと隠していたことを、どうしてあの夜に限って松岡さんに打ち明けたのか。まるでその日、夫に田巻さんへの殺意を植え付けようとしたかのように」

「それって……」

「一方、田巻さんの奥さんは夫がひとりでビールを買いに出かけたと証言している。でももし、そうじゃなかったら？　ふたりで夜中に出かけて、歩道橋を渡らせようと仕向けたとしたら？」

　新太郎は顎を掻きながら、言葉を続けた。

「そして竹間さんの奥さんは夫がずっと寝ていたと言いながら、簗山さんに駐車場の濡れた跡のことを追及されると不自然に黙ってしまった。まるで警察に怪しまれようとしているかのように。ついでに言うと竹間さんは『普段は寝付き悪いけど、あの夜は気を失ったみたいに朝まで起きなかった』と言ってるんだよね。それってもしかして薬を盛られたんじゃない？」

「新太郎君、何が言いたいの？」

「これはまだ僕の想像。でも可能性は高いように思う。田巻さんの奥さん、竹間さんの奥さん、そして松岡さんの奥さん。ここに三人の女性がいる。何らかの理由でこの三人がそれぞれの夫を疎《うと》ましく思い、存在を消そうと考えていたら。ひとりではできない。でも三人が集まって計画すれば、一気に邪魔な夫を始末できる。そう考えたとしたら」

「この事件は、彼女たちの仕業だと？」

「怖い考えだけどね。だとしたら、残る松岡さんも危ない。僕が彼女たちの立場だとしたら……」

6

瞳はまだ自分が何をさせられているのかわかっていなかった。

もう帰ろうと思っていた矢先に生田に呼びとめられたのだ。

「京堂さんからのお達し。これから松岡隆の家に行くから一緒に来て」

まだ居残っていた間宮ともども彼に連れられ、車に乗り込んだ。

「松岡の安否を確認って、どういうことですか」

「わかんないよ。また例の京堂さんの思いつきだろうね」

「だが景ちゃんのこういう思いつきは、いつも的中するでな」

そう言われても、なぜ松岡が危険なのか理解できなかった。

車は十分ほどで道下町《みちしたちょう》にある松岡の家に着いた。もちろんパトライトもサイレンもなく、密かな到着だった。

午後十一時を過ぎ、付近の民家はまだ明かりが灯っている。しかし松岡の家は真っ暗だった。いや。瞳はすぐに気付いた。暗い家の中で小さな光が揺れ動いているのがカーテン越しに見えたのだ。

「懐中電灯、でしょうか」

「別に停電しとるようでもないし、わざと暗くして手元だけ明るくしとるようだな」

間宮の声にも緊張の色が感じられた。

「こりゃ、やっぱり景ちゃんの勘が当たっとったのかもしれんぞ」

明かりが動く部屋の位置を確認すると、三人は玄関に廻った。玄関ドアは施錠されていなかった。

「緊急だ。行くぞ」

間宮の決断で、瞳たちは家の中に入って行った。

一番奥の部屋のはずだった。足音を忍ばせ進む。何か物音が聞こえた。引きずるような音と、誰かの息。

先頭に立った生田が、そっとそのドアを開けた。

薄暗い中、何かが動いている。瞳は壁際を手探りして、スイッチを見つけた。押す。

悲鳴があがった。煌々《こうこう》と照らされる室内に、彼らは茫然《ぼうぜん》と立ち尽くしていた。

三人の女性。みんな、ひどく歪んだ表情を顔に張り付かせている。

彼女たちはシーツを摑んでいた。それは鴨居に打ちつけた太い釘を介して、ひとりの男の首に巻き付いていた。

「松岡さん!」

瞳は思わず叫んだ。

7

「酒乱の夫、ギャンブル好きの夫、DVのひどい夫。三人ともそんな夫たちに悩まされてきたんだって」

景子は言った。

「それで三人で結託して互いの問題を解消しようとしたわけか」

新太郎が暗い表情で言った。

「同情できないこともないけど、それでも許されないことだね」

「そうね」

ふたりの間にはパンプキンパイとシナモンティーがある。

「同じ夫婦なのにねえ……こんな時間も持てなかったのかな」

景子の呟きに、新太郎はふと立ち上がりCDプレーヤーの再生ボタンを押す。

「さだまさし？」

「ううん。僕にシナモンティーを作らせた曲」

流れてきたのは「雨にぬれても」だった。

四曲目——バードランドの子守唄

夏の飲み物といえばアイスティー。きりっと冷えた紅茶にレモンスライスなど載せれば、爽やかな香りと涼味が火照《ほて》った体を冷ましてくれる。冷やしたアールグレイもいい。ベルガモットの風味が全身に染み渡り、暑さを吹き飛ばしてくれる。

でもわたしは、アールグレイならアイスよりホットのほうが好きだ。フレーバーティーというのはときとして付けられた香りが夾雑《きょうざつ》なものに感じられることがあるのだけど、アールグレイのそれは最初からそういう紅茶の品種が存在しているかのように自然で、それでいて他の紅茶にはない存在感がある。この偉大な作品を生み出す元となったグレイ伯爵に最大級の感謝を。

それはともかく、アールグレイはホットのほうがより香りを楽しむことができる。夏でも冬でもわたしは、思いついたらすぐに飲めるようアールグレイの茶葉を欠かしたことがない。

そんなわたしの生涯最高の一杯は、今から三十年以上も昔に口にしたものだ。

当時わたしは学校を卒業し、今の会社に就職したばかりだった。慣れない仕事に心も体も疲れ、毎日辛い思いをしていた。会社の上司や同僚に厳しい言葉をかけられることはなかったが、あきらかに自分のせいで仕事が遅れる場面が多々あり、そのたびに心苦しかった。

こんなことなら就職などしなければよかったと思った。できることなら家に引き籠《こ》もり、ずっと誰とも会わずに過ごしたいと願っていた。

そんなある日、直接の上司に声をかけられた。

「紅茶は好きかね？」

唐突な問いかけに戸惑った。紅茶嫌いの人間がこの会社に就職するだろうか。わたしはいつも保温水筒に紅茶を入れて持ってきていた。母が入れてくれたものだ。でも、水筒の中身まで誰かに話したことはなく、自分以外の人間が知っているとは思いもしなかった。

「紅茶の美味《おい》しい店を知っている。一緒に行かないか」

上司は言った。わたしは少々警戒した。どうしてわたしみたいな者をお茶に誘ったりするのだろうかと。

「もちろん、ふたりきりではないよ。私の妻と一緒だ」

奥さんと三人で？　ますますわからない。だが、そこまで言われて断ることもできなかった。

仕事が終わってから、わたしはその上司が運転する車に乗った。

ふくよかな香りのする店だった。いい紅茶の香りだ。入ったとたん、緊張していたわたしの心が緩んだ。

店内にはジャズが流れていた。

椅子に座らせてもらうと、上司は言った。

「アールグレイをふたり分」

「はい、わかりました」

店のひとは快活な声で応じた。

わたしたちはふたりきりになった。奥さんはいつ来るのだろうと思いながら、わたしは椅子の上で硬くなっていた。

「仕事は、きついかね？」

上司が訊いてきた。思わず、

「いえ」

と答えた。すると上司は、

「君がいつも気を張っているのは、見ていてわかるよ。まだ慣れないことも多いだろうからね。でも君は無用な緊張もしているように見えるな」

「無用な緊張？」

「自分で砦《とりで》を作って立て籠もっているような感じだ。まるで敵の襲撃に備えているみたいにね」

そんなことを言われたのは、初めてだった。でも自分にも心当たりはあった。たしかにわたしは殻に閉じこもっていたかもしれない。でもそれは、自分がこの世界で傷つかずに生きていくためには必要なものだと思っていた。

「君のまわりは、敵だらけかな？」

そんなわたしの心を読んだかのように、上司は言った。

「そんなにも身構えなければ生きていけないほど過酷な世界なんだろうか。もちろん私には、君の苦労はわからない。だから勝手な想像かもしれない。でもね、君が思っているほど周囲の者は君を疎ましく思っているわけではないよ。むしろ友好的になろうとしている。でも君は差し伸べた手を拒絶しがちだよね」

返す言葉がなかった。言われたとおりだ。仕事が鈍《のろ》くて進まないとき、誰かが手を貸そうとしてくれても、わたしはいつも「自分でできますから」と言って体裁よく拒んできた。仕事ひとつ自分でできない無能な人間と思われたくなかったからだ。

「もっと助けを求めていいよ。自分が困っているときは周囲にSOSを出していいんだ。私がいつもそうしているようにね」

「出してるんですか、SOS?」

「もちろん。いつも『助けて、助けて』と言っている。こつを教えよう。本当に仕事のできる人間とは、自分ひとりで抱え込むのではなく周囲を上手に巻き込めるひとだよ。そのほうが何事もスムーズに進むからね」

「そんなもの、なんですか」

わたしは正直、驚いていた。ちゃんとした人間は誰にも頼らずに何でもできるものだと信じていたからだ。そうすることができない自分はずっと出来損ないの役立たずのまま生きていくしかないと思っていた。

「今後、君に私から仕事の進めかたをレクチュアしよう。仲間を作り、仕事を分け合い、みんなで成功する。その方法を」

「そんなこと、わたしにできるんでしょうか」

「できる」

上司は断言した。

「君には、その素質があると思うから」

不意に、涙がこぼれた。自分に何らかの素質があると言われたことなど、今までなかったのだ。わたしはしばらく泣いていた。

「お待たせしました」

泣いているわたしの前に香り高いものが置かれた。アールグレイ。

でも、と思った。何か、ちょっと違う。

わたしは涙を拭い、カップを手に取った。そっと口許に運び、一口啜《すす》る。馥郁《ふくいく》とした香りが口いっぱいに広がり、鼻から抜けていく。

その瞬間、思わず口にしていた。

「……ジャスミン?」

「よくわかったね」

上司が言った。

「ここのアールグレイには、少しだけジャスミンの香りが添えられている。それが特徴なんだ」

「初めてね、正解を出したひとは」

紅茶を運んできた店員さんが言った。

「ああ、彼女は私が見込んだとおりのひとだよ」

そのとき、わたしは了解した。

「他のひとも、この店に連れてきたんですか」

「新入社員の中で、これはと思ったひとをね。でも、正解を即答できたのは、君だけだ」

上司は言った。

「君には、才能があるよ」

その一言が、わたしの後の人生を決めた。いや、決めるとわかった。

わたしには、才能がある。

「教えてほしいことがあります」

「何だね？」

「今、このお店に流れている曲、何なのか教えてください」

「『バードランドの子守唄』ですね」

上司の代わりに、店員さんが答えた。

「『バードランドの子守唄』……ありがとうございます」

私はその曲名を心に刻んだ。人生において大切なシーンで流れていた曲を、一生覚えていようと思ったのだ。

そのとき、ふと思い出した。

「ところで、奥さんは？　いついらっしゃるんですか」

「もう、いるよ」

上司は笑った。

「こんにちは」

そう言ったのは、先程から横に立っている店員さんだった。

「まさか……」

「ここは、妻が開いているティーサロンなんだよ。どうやら君は、妻の眼鏡にも適ったようだ。これから、よろしく頼むよ」

結局その上司とは十年の間、仕事を共にした。その間にノウハウをきっちり教え込まれた。今のわたしがあるのは、間違いなくその上司のおかげだ。

定年退職した後、上司は奥さんのティーサロンを手伝っていた。わたしは夫妻が仲良く働く店で、長い時間を過ごさせてもらった。

いい思い出だ。夫妻が亡くなり、店も消えてしまった今でも、記憶は消えない。

あのとき初めて聴いた「バードランドの子守唄」の作者ジョージ・シアリングのことを後に知り、より親近感が湧いた。今でもあの曲を聴くたびに、上司の柔らかな声と、ジャスミンの香りをまとわせたアールグレイの味わいを思い出す。

1

首を吊るのにわざわざ高い木のあるところや丈夫な鴨居《かもい》のある部屋に行く必要などないことは知識として知っていた。しかし築山瞳《つきやまひとみ》がその実例を眼にしたのは、今回が初めてだった。

名古屋市北区若鶴町《わかづるちょう》。楠《くすのき》公園の西に位置する住宅街の中に、居酒屋「鳥陸《とりりく》」はあった。一階は店舗、二階は住居と分けられた建物で、見たところ築二十年以上は経っているようだった。

店には酒と煙草と長年作りつづけてきた料理の匂いが染みついていた。並べられた日本酒の一升瓶や使い込んだ鍋が、瞳の記憶を刺激する。すぐに思い出した。お祖母《ばあ》ちゃんの家と同じだ。あの家も一階が食べ物屋になっていた。幼い頃はあそこで蕎麦《そば》やうどんを——。

「おい、築山」

感傷に浸る間もなく声がかかった。急いで店を抜け、奥にある急勾配の階段で二階に上がる。

彼女を呼んだのは間宮《まみや》警部補だった。

「景《けい》ちゃんから連絡あったか」

「いえ、まだ」

「遅れるんかなあ。まあええけどよ。あっちには生田《いくた》がついとるんだな？」

「そう聞いています。生田さんが車を運転して県警本部からここまで京堂《きょうどう》さんを連れてくると聞きました」

「そうか。まったく、お偉いさんのお覚えめでたくなるのはええが、余計な仕事ばっか押しつけられるのも考えものだわな」

「余計な仕事、というのは？」

「マスコミ対応だわ。捜査一課の美人女刑事の日常を取材したいんだと」

「取材？　そんなこと、京堂さんがＯＫしたんですか」

「だから、お偉いさんの口利きだわ。というか、警察のイメージアップを図るためとかで、お偉いさんのほうが新聞社だか雑誌社だかに話を持ち込んだみたいだで」

「そんな仕事、よく京堂さんが引き受けましたね」

「もちろん最初は、にべもなく断ったみたいだわ。でも本部長に泣きつかれて、仕方なく引き受けたんだとよ」

「そうなんですか」

頷いてから、ひとつの懸念《けねん》が浮かんだ。

「ということは、京堂さんはきっと……」

「ああ、どえらい機嫌が悪いはずだわ。あんたも気いつけんとかんに」

脅すように言って、間宮は奥の部屋に入っていく。瞳も胃のあたりに重いものを仕込まれたような気分で後に続いた。

二階は洋風の造りになっていた。三つの部屋があり、どれもドアで出入りするようになっている。

そのひとつ、奥にある六畳間ほどの洋室が現場だった。アイボリーに塗られたドアが半開きになっており、室内側のドアノブに黒い紐のようなものが結び付けられているのが見える。

その紐の先にあるのは、人間の後頭部だ。

瞳は無意識に深く息を吸った。鑑識員だった頃から遺体はいくつも眼にしている。だが今でも、最初に見るときには身構えてしまうのだった。彼女は吸い込んだ息を丹田《たんでん》に下ろしてから、近付いた。

ドアの隙間から見えるのは、男の肩あたりまでだった。顔つきからすると年齢は四十歳前後といったところだろうか。髪は短く刈り、同じ長さの髭を頰から顎、そして鼻の下に生やしている。顔は浅黒く眉が太い。半開きになっている眼と口が、絶命していることを如実に現していた。着ているのは黄色いTシャツ。

首に巻き付いている紐状のものはネクタイだとわかった。男はドアに頭を付け、体を伸ばしている。ネクタイはぴんと張っていた。

なるほど、こんな格好でも首吊りは可能なのだな、と瞳は妙に感心した。実例は警察学校の講義で教えてもらったし、そういう死にかたをした有名人のことも知っている。しかし実際にこうして眼にするまで、なんとなくリアルでない気がしていた。

「間宮さん、こういう首吊りは今まで見たことがありますか」

瞳は先輩に尋ねた。

「こういうって、ドアノブで首を吊るやつか」

「足が着く高さで首を吊った例です」

「それなら二回、こいつで三人目だわ。最初はまだ俺が駆け出しの頃でよ、若い男だった。こんな死にかたができると知らんかったで、てっきり他殺だと思って意気込んだら先輩に頭をごつんとやられたわ。人間、尻を浮かせることができたら身長より低い位置で首吊りができるんだと、そのとき懇々《こんこん》と教えられた。ふたり目は若い女でよ、今度は自殺だと高をくくったら、また先輩に叱られた。よく見たら索条痕《さくじょうこん》が首を吊っとるロープとずれて水平に付いとった」

なるほど、と瞳は思った。たとえドアノブを使ったとしても自殺の場合、索条痕は顎の下から耳の後ろにかけて生じる。それが水平だったということは、何者かが絞殺した後で首吊りの偽装をしたという証拠だ。

「さて、三人目さんはどっちかね」

間宮の言葉に、近くにいた鑑識員が答える。

「自殺ですね。索条痕は顎から耳の後ろにかけてできてます。間違いないですよ」

自信たっぷりな口調に、瞳は思わず背後を振り返る。まだ京堂警部補が到着していないのは、この若い鑑識員にとっては幸いだった。彼女の前でこんな安易な憶測を口にしたら、その場で心臓を凍らされていたに違いない。

「それで、仏さんの身許は？」

間宮が尋ねると、同じく傍に立っていた北署の為島《ためじま》という刑事が答えた。

「陸田潤一《りくたじゆんいち》四十三歳。この家の住人で、下の居酒屋の主人です」

「陸田……それで店の名前が鳥陸というのか」

「それもありますが」

為島が指差したのは、遺体の胸元だった。黄色いTシャツの中央に達筆な筆文字で「鳥陸」と書かれており、そのすぐ下に「BIRDLAND」と英文が書かれている。

「バードランドか……仏さんはジャズ好きだったのかね？」

「ええ、居酒屋は和風ですが、ＢＧＭはいつもジャズでした。ソニー・ロリンズとかマイルス・デイヴィスとか。もちろんチャーリー・パーカーも」

何の話をしているのか、瞳にはまるでわからなかった。それと察した間宮が言った。

「バードランドというのはよ、有名なジャズクラブの名前なんだわ。チャーリー・パーカーという天才アルトサックス奏者のニックネームが『バード』というんで、そこから取ったんだ」

「はあ」

そう言われても、ぴんとはこなかった。どうやら間宮がジャズに詳しいらしいことはわかったが。

その間宮は為島に、

「あんた、この店に詳しいな。もしかして客だったのか」

「ええ、常連でした。串焼きが美味かったんですよ。酒もレアなのを揃えてたし、いい店でした。こんなことになって残念です」

この状態で確認できることは終わったので、遺体の首からネクタイを外すことになった。鑑識の動きを瞳は逃さず見つめる。

ネクタイが外れてドアが全開できるようになり、室内に入ることができるようになった。そこは十畳ほどの広さの洋室で、ソファとテレビ、そして豪勢なステレオセットが置かれていた。壁にはトランペットやサックスを持った黒人男性の写真が何枚も貼られ、ラックにはアナログのレコード盤がぎっしりと収納されている。

ひととおり見渡してから瞳は、視線を遺体に戻した。身長は百七十センチ前後。体重は七十キロ前後といったところだろうか。下半身はカーキ色のショートパンツ姿で裸足だ。

鑑識員たちが検視を進める中、間宮は為島と話していた。

「仏さんの家族は？」

「千恵美《ちえみ》さんという奥さんがいました。といっても二年前に離婚してますが。子供はいません」

「離婚の原因は？」

「詳しくは知りません。ただ以前に陸田さんが『あの女は商売には向かなかった』と言ってましたけど」

「じゃあ、下の店は仏さんひとりで？」

「せっちゃんという女の子をひとり雇ってました。陸田さんの遺体を発見したのも、その子です」

「どこにおる？」

「隣の部屋に」

「じゃあ、仏さんのことは鑑識に任せて、俺らは『せっちゃん』に会いに行こうかね」

その女性がいたのは簡素なベッドが置かれた六畳ほどの部屋だった。彼女は床にしゃがみ込み、俯《うつむ》いていた。

「発見者の方ですな。私、愛知県警捜査一課の間宮と言います」

標準語を心がけているような口調で、間宮が言った。

「失礼ですが、お名前は？」

「栗須《くりす》、芹華《せりか》です」

そう言ってから、女性は顔を上げた。二十歳《はたち》そこそこに見えるが、それは童顔のせいかもしれなかった。栗色の髪をツインテールにし、化粧はナチュラルな感じだった。身に着けているのは陸田と同じく「鳥陸」と書かれた黄色いTシャツに膝下の長さのジーンズ。素足の爪が赤く染められていた。

「この店にお勤めですね？　いつから？」

「半年くらい前から」

「そうですか。じゃあ、今日のことを話してください。何時にここに？」

「四時過ぎ。いつもその時間に来て、仕込みを手伝うんです」

「時間どおりに来たんですね。それで？」

「それで……店に行っても店長がいなくて、もしかしたら二階かなって思って上がってみたら……店長が……」

芹華は声を詰まらせた。

「あんたが見つけたときは、どんな状態だったかね？」

「ドアが半分開いてて、把手《とって》に紐みたいなのがかかってて、それで店長が首を……吊ってました」

「店長を見つけて、その後は？」

「すぐにスマホで一一〇番しました。でも、救急車呼んだほうがよかったのかな」

「その判断で間違っとらんよ」

落ち着かせるように、間宮は言った。もう名古屋弁に戻っている。

「陸田さんは、どんなひとだったかね？」

「どんな……そう、面白いひとでした。よく冗談を言って、お客さんを笑わせたりして。料理が上手でお酒に詳しくて、ジャズが好きで鳥が好きで……いいひとでした」

不意に芹華の瞳から涙が溢れだす。

「いいひとだったのに……どうして……」

「あんなことになる理由について、思い当たることはあるかね？」

「あんなことって？」

泣きながら、芹華は問い返す。

「首を吊る理由はあったのかね？」

「わかりません。でも……」

「でも？」

「最近お店の売り上げがよくなくて、困ってるみたいでした」

「店を畳まなきゃならないくらい？」

「そこまでだったかどうか、わかりません。わたしはただ店の手伝いしてただけだし」

「客にはよくこぼしてましたよ。店の経営は難しいと」

為島が言った。

「ね、せっちゃん」

「あ、はい……」

芹華は頷く。

「ただ、それだけが自殺の原因かどうか、わかりませんけど」

「他にも何かあるのかね？」

間宮の問いに為島が答える。

「それは私にもわかりません。せっちゃん、昨日の陸田さんの様子はどうだった？」

「昨日は、いつもどおりにしてて……でもお店を閉めた後、帰る前に言われました。『これでもう終わりにしたいな』って」

「終わりにしたい？　何を？」

「わかりません。わたしも『何をですか。もしかしてお店をやめるんですか』って訊いたんです。そしたら『そうなったらどうする』って訊き返されて。わたしが『寂しいです』って言ったら、笑われました」

「笑われた？」

「はい。ちょっと寂しそうな笑いかたでした」

話を聞きながら瞳は、その部屋を見回していた。ベッドの他には抽斗《ひきだし》の付いたマガジンラックがあるだけだ。そこにはやはり楽器を手にした外国人や日本人が表紙になった音楽雑誌ばかりが挿してある。

その視線が止まった。ラックの抽斗は閉められているが、白い紙片の端がはみ出している。

瞳は抽斗を開けた。

見えていたのは思ったとおり、薬局で出された薬の包みだった。「陸田様」と宛て名も書かれている。中に錠剤をパックしたものが入っていた。

「何だねそれは？」

間宮が訊いてきた。瞳はＰＴＰシートに記された薬品名を読み上げた。レキソタンとデパスの二種類あった。

「坑不安薬ですね。それと睡眠導入剤」

「そんなものを飲んどったのか。栗須さん、知っとったかね？」

尋ねられた芹華は当惑した表情で、

「こうふあんやく、って何ですか」

「文字どおり不安を抑える薬だわ。陸田さんは不安に駆られたり眠れなかったりするようなことはあったかね？」

「さあ……わたしにはそういうこと、言ったことないです……あ、でも、いつだったか『眠れないときや落ち込んだときに酒に逃げるとろくなことはないな』なんて言ってました。『店長でも落ち込むことがあるんですか』って訊いたら『そりゃあ、いろいろあるからね』って」

瞳は話を聞きながら、薬の数を確認した。

「薬局からもらってきたのが一昨日。なのに睡眠導入剤だけが十錠も余分に減ってます」

「それだけ余計に飲んだってことか」

「薬を飲んでネクタイを首に巻き付けたのかも。自殺する際にはよくある——」

——もうだめだ。

突然、どこからか声が聞こえた。

「ん？　誰だ？」

間宮が周囲を見回す。

——もうだめだ。おれはおわりだ。

瞳も声の主を捜した。どうやら壁を隔てた隣の部屋にいるらしい。瞳は寝室を出た。

二階の三つの部屋のうち、まだ見ていなかった一室、そのドアには「Charlie」と書かれたプレートが貼り付けてある。

ドアを開けると、すぐに異臭を感じた。どこか馴染みのある臭いだ。動物とその糞と餌の混じり合った……そうだ、これは小学校の飼育小屋の臭いだ。

部屋の奥に、その臭いの元がいた。大きな籠《かご》に入れられた、一羽の鳥。

全長は三十センチほどだろうか、光沢のある黒い羽根に覆われているが眼の下あたりだけが黄色い。嘴《くちばし》はオレンジ色だった。止まり木を摑んだ体勢で、しきりに周囲を見回している。

「もうだめだ！」

突然、その鳥が叫んだ。

「おれはおわりだ。しぬ」

「何だこれは？」

後ろからついてきた間宮がびっくりしている。瞳は言った。

「九官鳥です」

「九官鳥？　あの喋る鳥かね？」

「おれはおわりだ」

また鳥が喋った。

「チャーリーのこと、忘れてました」

間宮と一緒に部屋に入ってきた芹華が言った。

「この鳥、チャーリーって名前なんですか」

「はい、店長が飼ってたんです。子供の頃から鳥が好きで、いろいろ飼ってきたって言ってました」

そういうことか、と瞳は思った。先程彼女が「鳥が好きで」と言っていたのを鶏肉が好きという意味なのだと勘違いしていた。

「おはよー、ちゃーりー」

鳥が言う。

「おはよー、しぬ。ちゃーりー、おれはおわりだ！」

「これ、陸田さんが教えたんですか」

瞳が尋ねると、

「そうだと思います」

芹華が答えた。

「チャーリーはずっとこの部屋で飼われてて、陸田さん以外の人間とはほとんど会ってないですから。わたしも二回くらいしか見たことなかったです」

「昔、俺が通っとった居酒屋にもオウムがおってな。客相手によお喋っとったわ」

と、間宮が言う。

「こいつみたいに『おはよー』とか『いらっしゃい』とか。悪い客が卑猥な言葉を覚えさせようとして店主に怒られとった」

「店長も以前はチャーリーを店に出してたらしいんですけど、余計な言葉を覚えてしまうから今は出さないって言ってました。この子のこと、すごく大事にしてたみたいです」

「おはよー、ちゃーりー、もうだめだ！」

鳥は無邪気に喋りつづけている。

瞳は鳥籠に近付いた。チャーリーは警戒するように黙り込む。

「大丈夫、怖がらないで」

そう言いながら籠の中を覗き込んだ。

「下の新聞紙は取り替えられているし、餌や水もたっぷり補充されてます」

「ということは？」

間宮の問いに、

「ちゃんと世話をしてから首を吊った、ということかもしれません」

瞳は答えた。

「やっぱり覚悟の自殺かねえ。陸田は毎日この鳥に向かって『もう駄目だ』とか『死ぬ』とか泣き言を言っとったんだろうな。だから九官鳥が覚えてまったんだ」

「そう、かもしれませんね」

瞳は頷く。

「でも、気になることがあります。もしも本当にこの子を大事にしてたのなら、自分が死んだ後はどうするつもりだったんでしょうか。このままもしも自分の遺体が発見されなかったら、チャーリーもいつかは飢えて死んでしまったかもしれないのに」

「それはないな」

間宮が首を振る。

「実際、このお嬢さんが遺体を見つけとる。陸田はそうなることがわかっておったんだろう」

「あの、今、思い出したんですけど」

芹華がおずおずと、

「前に店長から言われたことがあります。自分にもしものことがあったら、連絡先を手帳にまとめて書いてあるから、それを見てくれって。その手帳にチャーリーのことも書いてあるって」

「手帳？　それはどこにあるんかね？」

「お店のレジの下の抽斗です」

すぐに瞳たちは一階に降りた。

レジが置かれている台に、小さな抽斗があった。開けてみると領収書用紙やボールペン、印鑑などが入っている。その中にB6サイズの手帳が入っていた。表紙には「連絡先」と書かれている。

間宮がその手帳を開いた。瞳は後ろから覗き込む。陸田は几帳面な性格だったのか、どのページもみっちりと書き込まれている。ガスに水道や電気といったライフライン関係から保険会社や自動車ディーラーの担当、食材や食器の仕入れ先、庭師や害虫駆除会社の連絡先も記されている。

「得意客の連絡先まで書いてあるな……お、あんたのことも書いてあるぞ」

「私もですか」

為島は手帳を見せられ、

「……ああ、前に名刺を渡したことがあったんです」

「このハートマークは何だろうな？」

「この店で一番高い酒を飲んだからでしょう。上得意って意味だと思います。まめなひとだな」

その名前を見つけたのは、瞳だった。

「吉川勤《よしかわつとむ》ってひとのところに『九官鳥』って但《ただ》し書きがありますね」

「吉川さんなら、この店の常連です」

芹華が言った。

「お店で店長と鳥の話をしてました」

「ほうか。ちょっと電話してみるかな」

間宮が携帯電話を取り出す。

「……もしもし？　吉川さんですか。私、愛知県警の間宮という者ですが」

それからしばらく、間宮は電話での会話を続けた。

「……そうですか。わかりました。また何かありましたら連絡いたしますんで。ええ、チャーリーのこともいずれ。では」

電話を切ると、瞳に言った。

「この吉川という男も九官鳥を飼っとるそうだ。その関係で陸田と仲良くなって店にも出入りしとったらしい。お互い、もしも鳥を残して死ぬようなことがあったら、九官鳥は残ったほうが引き取るという約束をしとったそうだわ。だからチャーリーも引き取ると言っとる」

「なるほど、そういう手筈《てはず》はできていたんですね」

「これで決まりだ。陸田は自殺だな」

間宮は断定するように言った。

「今回は景ちゃんが出張ってくることもないわな。これで一件落着――」

「そう言い切っていいんですか」

不意の声に、夏場の熱い空気が一瞬にして冷え固まった。

瞳は思わず振り返る。

「今日は僕が失言したんじゃないですからね」

自慢げに言ったのは、生田刑事だった。その後ろに、冷たい視線を投げかける女性が立っていた。

「もう一度訊きます、間宮さん」

愛知県警捜査一課所属、世に「氷の女王」と呼ばれる女性刑事、京堂景子警部補が言った。

「本当に自殺と断定していいんですね?」

「いや……」

間宮は一言発したきり、動けなくなった。

「築山」

彼女の一声に、瞳の緊張は一瞬にして極限に達した。恐れていたとおり、京堂警部補の機嫌はすこぶる悪そうだ。

「報告を」

短い言葉だった。だがそれだけで、彼女の不機嫌さがひしひしと伝わってくる。瞳は覚悟を決めて、話しはじめた。

「えっと、あの、本日十六時二十七分、こちらにいらっしゃいます栗須芹華さんから一一〇番通報がありました」

震えるな自分の声、と念じながら、彼女は報告を続けた。

2

「ったく、どいつもこいつも！」

帰宅早々、景子は声をあげた。

「今日はご機嫌斜め？」

キッチンで料理をしながら新太郎《しんたろう》が尋ねると、

「斜めどころか、ねじ曲がってるわよ。あーあ、今日は厄日だわ」

「そんなに難しい事件？」

「そっちじゃないの。インタビューが思いっきりくだらなくてさ」

「ああ、そういえば今日、新聞の取材を受けるって言ってたね」

「やりたくもない仕事だったわ。そもそも現役の刑事がマスコミに顔を出してもデメリットしかないでしょ。なのに本部長ったら『警察のイメージアップのためだから頼む』って。わたしにイメージアップさせようってのが間違ってると思わない？」

「それは……ちょっと論評を控えたいな。で、どんなこと訊かれたの？」

「くだらないことばかり。わたしが最近の刑事事件の発生数とか検挙率とか具体的な数字で話そうと思ってるのに、そういうのはろくに聞こうとしないで『女性刑事として苦労したことは？』とか『家庭と仕事の両立は？』とか、挙げ句の果てには『ご主人とはうまくいってますか』とか訊いてくるのよ。どうしてそういうプライベートなことを話さなきゃなんないの？わたし芸能人？　違うでしょ！　捜査一課の刑事でしょ！　もっと仕事のことを訊きなさいって」

文字どおり、火を噴きそうな勢いだった。新太郎は苦笑しながら、

「調べてみたんだけど、景子さんがインタビューされる記事ってシリーズ化されてるんだよね。これまでもいろいろな分野で活躍している女性が取り上げられてたよ。で、やっぱりみんな同じことを訊かれてたね」

「どうして？　どうして女だからって、そういうこと訊くわけ？　男に向かって『家庭と仕事の両立はうまくできてますか』とか『仕事について奥さんの理解は得られてますか』なんて訊かないのに」

「そうだね。景子さんの意見は正しいと思うよ」

作り終わった料理を器に盛り、テーブルの景子の前に置く。

「いい匂い！　エビチリね」

「そう。食べてみて」

「うん、いただきまあす」

箸を手にすると、さっそく真っ赤なソースが絡まった海老をひとつ、口に放り込む。

「ん？　んんっ！　美味しい！　でも、知ってるエビチリと違う。何これ？」

「豆板醬《とうばんじゃん》じゃなくてチリパウダーを使ってみたんだ。他にもローリエとかオレガノとかで味を整えて水煮トマトでまとめて。言ってみれば洋風エビチリね」

「なるほど、洋風ね。でも、これも御飯に合うわ」

次々と海老を食べ、御飯を掻き込む。口直しはベビーリーフのサラダとメンマで作ったきんぴらだった。

「さっきの話だけどさ、景子さんの不満はよくわかるよ。いまだに『男は仕事、女は家事』って意識のひとが多いからね。僕だって家のこと全部やってるって話をすると変な顔されることがあるもの」

「あ、新太郎君もそうなの？」

「うん、特に年輩の編集者だと多いね。『男なら男らしく』なんて言われたりする」

「ひどいわね」

「同性同士の結婚も認めようなんて言ってる時代に、そういうのはどうかと思うよ。今やってる菅沼絵美子《すがぬまえみこ》さんってひとのエッセイの担当は、若い女性の編集さんなんで、かなり理解があるけど。ときどき料理のレシピを教えたりしてるんだ」

「そういうの、新太郎君得意だもんね」

「結構喜ばれてさ。レシピ本出さないかって言われちゃった」

「あ、いいじゃない。『新太郎の料理ブック』とかってイラスト入りで。本気でやってみたら?」

「まあ、考えとくって言ってあるけど、どうだろうね」

新太郎は肩を竦《すく》めてみせた。

景子は瞬《また》く間に料理を平らげる。

「あー、今日も美味しかった! いやなことも忘れちゃう。ごちそうさま」

「どういたしまして」

「それでさ、今日起きた事件なんだけど」

「……え? いきなり?」

「いつだって話を聞いてくれてるじゃない」

「まあ、そうだけど。話したいわけ?」

「うん、話したいわけ」

「じゃあ、後片付けして、ゆっくりお茶を飲みながら聞きましょうか」

新太郎は食器を洗い、調理道具を片付け、キッチンをきれいにしてから、ティーポットとカップをテーブルに置いた。

「本日の紅茶はアールグレイでございます、奥様」

「聞いたことある。でも、どういうの?」

「タンニンの少ない中国茶にベルガモットという柑橘類のフレーバーを加えた紅茶だよ」

「これもその菅沼ってひとのエッセイに出てきたの?」

「そう。エッセイにはジャスミンの香りも加えた特別なアールグレイが出てくるんだ」

「へえ」

話を聞きながら湯気の立つ紅茶を一口啜る。

「……ああ、いい香り。ふわっとしてて落ち着く」

「今が昼過ぎなら、スコーンにジャムとクローテッドクリームを添えて、お洒落なクリームティーといきたいところだけどね。それで、今日の事件って?」

「あ、そうだった。でも今回は新太郎君の手を煩《わずら》わせることもないわね、きっと。ただの自殺だから」

「自殺? そう断定できちゃうの?」

「わたしも最初は断定しちゃっていいのかって思ったんだけど、話を聞いてみると、そうだろうなって」

景子はアールグレイを飲みながら、居酒屋「鳥陸」で見つかった首吊り遺体のことを夫に話した。

「……と、こんなわけでね、陸田潤一は店の経営に悩んでたみたいなの」

「抗不安薬と睡眠導入剤を処方した病院には当たったの？」

「もちろん。近くのメンタルクリニックだったわ。陸田は一年前から通ってたんだって。医師の話だと陸田は店の資金繰りと離婚のことで悩んでたそうよ」

「奥さんとは二年前に離婚したって言ってたよね？　なのに一年前から離婚のことで悩んだって、どういうこと？」

「離婚の原因は陸田の浮気なの。それで怒った奥さんに三行半《みくだりはん》を突きつけられたんだけど、陸田のほうは未練があって、何度も復縁してくれって頼み込んでたそうよ」

「でも、奥さんは拒絶した？」

「そう。それで精神的に参っちゃったみたい。医者の話では『自殺するほど深刻な状態ではないと判断していたけど、もしかしたらそこまで追いつめられていたのかもしれない。そうだとしたら自分の見立ての甘さを反省したい』だって」

「ふうん……医者はそんなに深刻には感じてなかったのか。でも、前の晩にそれらしいことを言ってたんでしょ？」

「店員の栗須芹華が聞いてるわ。『これでもう終わりにしたいな』って陸田が言うのを。店をやめるようなことも匂わせてたみたいだし」

「なるほどね。状況証拠は揃ってるわけか」

「とどめが九官鳥のチャーリーよ。飼い主だった陸田の『もう駄目だ』『死ぬ』って泣き言を記憶してたの。それだけ陸田が同じことをチャーリーの前で繰り返し言ってたってことよね」

「そう、だろうね、たぶん」

新太郎は気のない返事をする。

「どうしたの？　何か気になる？」

「いや、ちょっと考えごと。ねえ、九官鳥が飼われてた部屋ってどんなところ？　鳥籠の他に何かあった？」

「部屋自体は六畳程度かな。床がクッションフロア張りだったのは、鳥を飼ってるから汚れ対策だったのかも。鳥籠の他に置かれてたのは止まり木と座椅子とオーディオセットくらいかな」

「その部屋にもオーディオセットがあったの？」

「ええ。陸田が死んでた部屋と違ってアナログレコードじゃなくてダウンロード再生用のコンポだったけど。これも鳥の汚れ対応だったのかも。その部屋でチャーリーと遊びながらジャズを聴いてたみたいね」

「なかなか趣味的な生活してたんだね。でも……チャーリー、見てみたいな」

「九官鳥に興味あるの？」

「子供の頃はセキセイインコを飼ってたんだ。やっぱり言葉を喋ったんだよ」

「セキセイインコも喋るの？」

「うん、結構お喋りだった。九官鳥も飼ってみたいと思ったことあったな」

「じゃあ、チャーリーを見せてあげるわ」

そう言うと、景子は自分のスマホを取り出した。

「じつはね、少しだけ動画を撮ってみたの」

彼女はスマホを夫に渡す。画面には籠の中の鳥が映っていた。

――おはよー、ちゃーりー、もうだめだ!

九官鳥は声を張り上げた。

――おはよー、しぬ。ちゃーりー、おれはおわりだ!

動画は二十秒ほどのものだったが、映っている間ずっとチャーリーは喋りつづけていた。

「ほんとこの子、お喋りね。いつまで経っても喋ってたわ」

新太郎は動画を繰り返し再生した。その表情が少し険しくなる。

「ねえ、チャーリーは今、まだこの家にいるの?」

「そのままにはしておけないから、吉川勤ってひとに引き取ってもらったわ。今はそのひとの家に預けられてるわ」

「そうか」

新太郎は頷く。そして言った。

「景子さん、明日ちょっと確認してほしいことがあるんだ」

3

その家は西区大野木《おおのき》の西端に建っていた。どこといって変わったところのない一軒家だ。

「築十五年ってところかな。外壁の塗り替えはしてないみたいだ」

生田が家を眺めながら言った。

「それ以外にわかることはありますか。家族構成とか」

瞳が訊くと、生田は意外なことを言われたかのように眼を丸くして、

「そんなこと、わかるわけないじゃん。僕が興味があるのは家だけだよ」

「そうですか」

頷きながら周囲を見回す。遊具や自転車の類《たぐい》はない。子供はいないようだ。いや、そもそも結婚している様子もない。独身か、親と同居といったところだろうか。

瞳がインターフォンを押すと、少し間を置いて返事がきた。

——はい。

「お電話しました県警の築山です」

しばらくして玄関ドアが開き、男性が姿を現した。ずいぶんと小柄だった。背丈は瞳とほとんど変わらないかもしれない。体型もほっそりとしていて、両耳だけが大きく張り出している。

年齢は三十歳代後半といったところか。青いポロシャツに白のハーフパンツ姿だ。

「吉川勤さんですね。昨日からお世話になってます」

「今日は何か？　チャーリーに会いたいとかって話でしたけど」

「はい。よろしいでしょうか」

「いいですよ。どうぞ」

家の中に入ったとたん、あの飼育小屋特有の臭いがした。声も聞こえる。複数の鳥が飼われているようだった。

瞳と生田が家に上がると、廊下の奥から六十年輩の女性が顔を出した。

「お客さん？　誰？」

「いいから」

吉川は疎ましげに一言投げると、左の部屋の襖《ふすま》を開けて入っていく。瞳は彼に続いた。

「お母様ですか」

尋ねると、

「そう」

短く答えるだけだった。

「ここに、います」

部屋は客間らしい和室だった。中央に卓、部屋の一隅に床の間があり、その脇に鳥籠が置かれている。

籠の中の九官鳥は、瞳を見て首を傾げた。

「元気？」

声をかけると、

「おはよう。ちゃーりー。だめだ。おれはおわりだ」

鳥はいきなり喋りだす。瞳は籠の前に座った。

「しばらく、様子を見させてください。いいですね？」

「あ？　ああ、いいけど……」

瞳は正座したまま九官鳥に向き合う。

襖が開き、先程の女性が麦茶の入ったグラスを盆に載せて入ってくる。

「いらっしゃいませ。今日は暑いで——」

「いいから！」

吉川が苛立たしげに女性を制し、無理矢理部屋から出した。

「吉川さんも、ここにいなくていいですよ。わたしたちは、やることがありますから。そのかわり、家の中で待っててください」

瞳が言うと、彼は少し驚いたような顔をして、

「えっと……じゃあ」

口籠《くちご》もるように言うと、部屋を出ていった。

「やることって、何なの」

生田が尋ねてくる。瞳は答えた。

「待つんです」

それきり、彼女は何も言わなくなった。ただ九官鳥を見つめる。

「ちゃーりー。だめだ。おはよう」

鳥は喋りつづけた。生田は麦茶を飲みながら後輩の姿を見ていたが、しばらくすると、

「なあ、それって意味があるの？」

また尋ねてきた。

「あります」

瞳は言った。

「京堂さんに言われたんです。とても重要な意味があるって」

十分、十五分、彼女は黙って鳥と向き合った。

「なんか地味だなあ」

生田がまた言った。瞳は鳥を見つめたまま、

「刑事の仕事なんて地味なものじゃないですか。張り込みだって聞き込みだって」

「そうだけどさ。でも鳥とにらめっこするのまで仕事になるのかなあ」

「なります」

三十分、彼女は鳥と相対していた。そして言った。

「……やっぱり」

「え？　なに？」

「吉川さんと話します」

瞳は立ち上がり、足が痺《しび》れたのか少しさすってから部屋を出た。

廊下の突き当たりにキッチンがある。そこに先程の女性がいた。

「勤さんはどちらですか」

「ああ、二階ですよ。呼んできましょうか」

「いえ、こちらから伺います」

「そうですか……あの、息子に何かあったんですか」

女性は不安げに尋ねてきた。

「あなた、警察の方ですよね？　勤が何かしたんですか」

瞳は答えなかった。黙って二階へと向かう。

階段を上がると鳥の臭いが強くなり、声も大きくなった。

その部屋には三つの鳥籠が置かれている。中にはオウムらしい鳥が一羽ずつ入れられている。

吉川はその籠の前に座り込んで、鳥たちを見つめていた。

「吉川さん」

瞳が声をかけると、彼は顔をあげる。不安そうな表情だった。

「三十分、あの九官鳥の前にいました」

瞳は言った。

「その間、あの子はずっと喋っていました。『おはよー』『ちゃーりー』『もうだめだ』『しぬ』『おれはおわりだ』と、そう言ってました」

「それが？　陸田さんが言ってたのを覚えたんだ。それがどうかした？」

「喋ったのは、それだけなんです。陸田さんと一緒に暮らしてたなら、もっと他の言葉も覚えてるはずではないでしょうか。それだけじゃありません。チャーリーが飼われていた部屋にはオーディオセットもありました。音楽が流れてたんです。その音楽を真似してもおかしくないはずです。でもあの鳥は『おはよー』『ちゃーりー』『もうだめだ』『しぬ』『おれはおわりだ』と、この五つの言葉しか喋らなかった。どういうことだか、わかりますか」

吉川は答えなかった。

「答えは単純です。その五つしか教え込まれていないんです。ということは、あの九官鳥はチャーリーではない」

瞳の言葉に、吉川の口許が硬くなった。

「陸田さんの周辺で身代わりの九官鳥を用意できるのは吉川さん、あなたしかいません」

「俺は……でも……」

何か反論しようとしていたが、結局できなかった。吉川は項垂《うなだ》れる。瞳は続けて言った。

「本当のチャーリーは、どこですか」

「……殺せって、言われた」

吉川は呻くように言った。

「陸田さんのこと?」

「違うよ! チャーリーを殺せって言われたんだ。証拠になるからって。でも……俺は、殺せなかった……!」

頭を抱え、うずくまった。瞳はそんな吉川に尋ねた。

「誰に、言われたんですか」

4

「自供したわ。自殺に見せかけて陸田を殺したって」

景子はそう言うと、岩のような形のスコーンを口に運んだ。

新太郎が尋ねる。景子は答えようとしたが、もごもご言うばかりで言葉にならない。

「動機は?」

「食べてからでいいよ」

景子はアールグレイを飲み、スコーンを呑み込む。しばらくしてからやっと言った。

「……ふぅ、スコーンって美味しいけど、口の中の水分を全部持ってくわね。全然喋れない。動機は借金よ」

「陸田さんが借金してたの?」

「逆。陸田は金を貸してたの。店の資金繰りが悪くなったのも、貸した金が返ってこなくなったせいもあったみたい。それで強引に金を返してもらおうとして、殺されちゃった」

「どうやって睡眠導入剤を陸田さんに飲ませたの？」

「酒に混ぜたって。陸田がメンタルクリニックに通ってたのも薬があそこに保管されてたのも、よく知ってたみたいね。なにせ勝手知ったる他人の家だったらしいから」

「よく出入りしてたの？」

「ずっと関係が続いてたそうだから。離婚の原因になったくらい」

「え？　じゃあ浮気ってのは……へえ」

「要するに今回は愛と金銭、両方の欲が招いた事件なの」

「でも、どうして吉川さんは手を貸したわけ？」

「弱みを握られてたのよ。飼っちゃいけない鳥を違法に入手してたことを知られたみたいで、それで脅迫されて手伝わされたんだって」

「そういうことか」

新太郎は自分で焼いたクルミのスコーンにクローテッドクリームを乗せ、少しだけ口に入れた。

「それで、チャーリーは？」

「元気よ。今は吉川の飼ってた鳥を含めて、彼の鳥仲間が世話してる。それにしても」

景子はスコーンを口一杯に頬張る。

「ほら、また喋れなくなるよ」

「ひわれなおふほ」

「食べてから食べてから」

新太郎は景子のカップにアールグレイの残りを注ぐ。それを啜って一息つくと、

「……あー苦しい。だから、もっと早く気付くべきだったたって言いたかったの」

「犯人のこと？」

「そう。だって連絡先手帳に書いた名前にハートマークが付けてあるんだよ。上得意の意味だってごまかしてたみたいだけど……それにしても、刑事が犯人とはねえ」

「陸田さん、よほどそのひとのことが好きだったんだろうね。だから店が傾くほどお金を貸してしまった」

「そのお返しに殺されちゃうなんて、酷《ひど》い話よね」

「だね」

テーブルには、朝刊が置かれている。景子は社会面を開いた。今回の事件のことが報じられていた。

「県警捜査一課は容疑者として北警察署刑事課勤務の為島卓男《たくお》容疑者（32）を逮捕――」

五曲目——夏の日の恋

パーシー・フェイス・オーケストラの「夏の日の恋」は映画『避暑地の出来事』のテーマ曲だ。正確に言うと映画では別の演奏が使われているのだけど、巷間《こうかん》ではこちらのバージョンが有名だろう。なにせ全米ヒットチャートで九週間も一位を記録し続けたくらいだから。

天上の音楽かと思うほど清々《すがすが》しいストリングスと、想いを届けようとするように響くフレンチホルンの音色が得も言われぬ調和をもたらし、聴く者の胸に忘れがたい印象を残す。細部のアレンジに至るまで隙ひとつない、完璧な楽曲だ。

わたしもこれまで、何回もこの曲を聴いてきた。聴くたびに心を揺さぶられた。

そして、いつも彼のことを思い出す。

初めて会ったのは、やはり夏の日だった。場所は当時住んでいたアパートに近い、よく通っていたカフェ。その頃わたしは仕事にも慣れ、生活のリズムも整ってきたところだった。独り暮らしは相変わらず不便なことも多かったが、その反面とても自由だった。両親の許から離れるときは不安も大きかったが、いざひとりで暮らしてみると思ったほど不便でもなかったのだ。

そのカフェに通いはじめたのも、人並みなことをしてみたいという願望からだった。大人なら行きつけのカフェのひとつくらい、欲しいではないか。

幸い、その店の御主人は親切な方で、わたしにとても良くしてくれた。決まった席を用意してくれて、ひとりでゆっくり過ごすことができるように気遣ってくれた。紅茶の淹《い》れかたも確かで、香りも味わいも素晴らしかった。手作りのシフォンケーキもふんわりとした食感が美味《おい》しく、紅茶との相性もよかった。店内に流れているのは当時イージー・リスニングと称されていたムード音楽ばかりで、それもわたしの趣味に合っていた。何もかも、わたしの好みだった。

御主人にはわたしの仕事は明かしていなかった。飲料メーカーで紅茶のテイスティングをしているなんて言ったら、警戒されてしまうのではないかと思ったのだ。頻繁に通ってくる風変わりな女とだけ思ってもらっていたかった。わたしはその店で、ただゆっくりと時間を過ごしていたかったのだ。

そんな穏やかな日常にちょっとした波風が立ったのは、八月に入ったばかりのある午後のことだった。

「すみません」

いつものように紅茶を飲みながら音楽を聴いていると、不意に声をかけられた。

「いつもこの席に座ってますよね？」

「……はい」

わたしは少々警戒しながら答えた。

「僕も、いつも同じ席にいるんです。あなたの隣の席」

少し含羞《はにか》んだような声だった。

「じつは教えてほしいんですけど」

「何でしょうか」

「今飲んでいるのは、何ですか」

意外な質問だった。

「これですか。ティースカッシュですけど」

「ティースカッシュ？」

「紅茶を炭酸で割ったものです」

「ああ、レモンスカッシュみたいなものですね。でも、何か紫っぽいものが入っているような」

「ブルーベリーのジャムです。ティースカッシュにはジャムが合うんですよ」

わたしが答えると、

「そうかあ、ブルーベリーだったんですね。何が入っているんだろうって気になってたんですよ。そうかあ、ブルーベリーか」

その声が、とても愛らしかった。いきなり声をかけられて警戒しているというのに、わたしはそう思ってしまったのだ。不思議だった。

「でも、ここのメニューにティースカッシュなんて載ってませんよね？」

「わたしが御主人にお願いして作ってもらったんです。ジャムはリンゴでもイチゴでもよかったんだけど、ブルーベリーがあるというので、それを」

「僕も頼んだら、作ってもらえるかなあ」

「大丈夫だと思いますよ」

思わず安請け合いしてしまった。すると彼はすぐにウエイトレスに声をかけ、

「このひとと同じものをください」

と言ったのだ。ウエイトレスは「承知いたしました」と言って席を離れる。

「頼んじゃいました」

その言いかたが子供っぽくて、わたしは思わず笑ってしまった。

そのとき、音楽が変わった。耳に馴染《なじ》んだストリングスの音色。

「ああ、この曲」

彼が言った。

「これ、大好きなんです」

「わたしもです」

すぐに応じた。

「そうなんですか。パーシー・フェイス、いいですよね。僕、こういう音楽が好きなんです。この店に通ってるのも紅茶が美味しいのはもちろんだけど、かかってるBGMが好みだからなんです。特にこの曲はうちで出してることもあって、すごく親近感があって」

「うちで出す？」

「あ、その、僕、レコード会社に勤めてるんです。といっても音楽制作とかじゃなくて、経理

の仕事なんだけど。もともと音楽が好きでこの会社に入ったんですけど、そっちのほうでは仕事させてもらえなくて。まあ、現場でばりばり仕事してるひとたちに比べたら、僕なんて才能ないし、しかたないんですけどね。でも、ちゃんと勉強はしてるんです。ミキシングの仕方とかいろいろ。いつかは自分が手がけたレコードを出したいなって思ってて……あ、いきなりこんなこと話されても、困りますよね。すみません」

「いえ、いいですよ。夢があるって、いいことですよね」

わたしが言うと、

「ありがとうございます。そう言ってもらえると、嬉しいです」

あまりにも素直な物言いに、わたしは内心で、かわいい、と思ってしまった。年上か年下かもわからない男性のことを、かわいいと。

それが、彼との出会いだった。この唐突でささやかな出会いがわたしに何をもたらすかは、そのときまだわからなかった。

1

築山瞳《つきやまひとみ》は捜査会議が苦手だった。

延々と報告が続き、長々と検討が続き、次々と上からの指示が続く。事件解決のためには不可欠だとわかってはいても、この手続きがまだるっこしい。ましてや解決の手掛かりが摑めないまま二週間も経ってしまった事件となると尚更だ。会議場内には停滞した空気が淀み、それゆえに焦燥感も増している。

「……というわけで、被害者の交遊関係からは今のところ、事件に繫《つな》がる情報は得られていません」

生田が報告を終え、席に座った。また沈黙。場の空気が重い。

瞳は前方の上層部席に着いている京堂《きょうどう》警部補に眼を向けた。難しそうな表情で腕を組み、思案しているように見えた。彼女も考えあぐねているようだ。

いつものように、いきなり核心を突く推理を披露して事件を解決してくれるといいのに。他人任せで自分勝手な考えだとわかっていても、そう思ってしまう。

瞳は京堂警部補に対して崇拝に近い信頼を置いていた。抜群の行動力と指導力、そして推理力で次々と難事件を解決していく愛知県警の氷の女王。このひとならどんな困難でも克服して、混沌とした捜査に光明をもたらしてくれるはず、と考えてしまう。いやいや、そういう期待は見当違いだ。京堂警部補とて人間、できることとできないことがある。たとえば密室殺人があったとしたら、そのトリックを暴くことは彼女にとって容易なことかもしれない。あるいは強固なアリバイを崩すことだって、彼女ならできるだろう。そういう具体的な謎があるのなら、それを解くことができるはずだ。しかし今回の事件は、そういうものではない。あまりに取っかかりがないのだ。

二週間前、八月二十一日の午後十一時過ぎ、ＪＲ尾頭橋《おとうばし》近くの高架下で人が倒れているという一一九番通報が入ったのが始まりだった。救急車がすぐに駆けつけ、倒れている若い男性を発見、近くの救急病院に運び込まれた。後頭部に強い打撲痕があり、頭蓋骨が骨折していた。それでも当初、男性には意識があった。救急車内で隊員の呼びかけにも応じていた。何が起きたのか尋ねたところ、「突き飛ばされた」とだけ言ったらしい。その後病院のＩＣＵで緊急処置が施されたが、間もなく意識を失い、その後死亡が確認された。

所持していた高校の学生証から、亡くなったのが北区上飯田《かみいいだ》に住む高嶋翔一《たかしましょういち》十七歳と確認された。死因は脳挫傷。他に外傷はなかった。倒れているのが発見された付近を捜索したところ、線路を支えている石垣のある箇所に血痕と毛髪が付着しているのが見つかり、それが高嶋のものと判明した。彼はここで何者かに突き飛ばされ、石垣に頭を強打したと考えられた。

息子の死を知って悲しむ両親から聞き出した話によると、高嶋はその日、友達と遊びに出かけたまま帰ってこなかったという。その友達というのが高校の同級生で、話を聞くと夜十時頃まで数人の仲間と名古屋駅付近のカラオケボックスで遊び、その後に別れたということだった。最初は言葉を濁してなかなか言わなかったが、どうやら酒を飲んでいたらしい。特に高嶋はたくさん飲んで、かなり酔っていたようだ。別れるときに彼はいきなり「ああっ！」と叫んで走り去ってしまったという。

「駅のある方向とは逆に走ってったんだよ。あれは相当酔っぱらってるなって、みんなで笑ったんだ」

高嶋の消息は、そこで途切れた。付近の聞き込みを続けたが、その後に彼がどこに行ったのか、杳《よう》として知れなかった。

当初、捜査陣は楽観していた。調べれば必ず足取りがわかり、手掛かりも摑めると考えていたのだ。事実、名古屋駅近くに設置されていた防犯カメラには南に向かって走る高嶋らしき姿が記録されていた。名古屋駅と尾頭橋駅は一駅、その間で何かがあったのだ。

しかしその先、彼がどこへ何をしに行ったのか、まるでわからなかった。

高嶋周辺への聞き込みも続けられたが、こちらも成果は上げられないでいた。多少羽目を外すところはあったようだが、彼には目立った非行歴もなく、交遊関係も良好で、暴行を受けるような理由は見当たらなかった。一緒にカラオケをしていた友人たちにも何度か尋ねたが、トラブルを抱えていた様子もない。

それらのことから考えて、今回の事件は偶発的なものではないかという見方が捜査会議では優勢になっていた。何らかの理由で高嶋と諍《いさか》いになった誰かが彼を突き飛ばし、頭の打ちどころが悪く死なせてしまったのだと。

だとすると、捜査は極めて難しくなる。高嶋の側をいくら調べても、犯人との繫《つな》がりが見つかるはずがないからだ。

今日の生田の報告で、怨恨による犯行という線はほぼなくなった。行きずりの悶着《もんちゃく》によるものと断定するしかない。

瞳はもう一度、京堂警部補に眼を向ける。相変わらず無言で、腕を組んでいるだけだ。

「さて、どうしたもんかね」

声をあげたのは、捜査本部長である中川署《なかがわしょ》の高村署長《たかむら》だった。

「このままだと埒《らち》が明かんね。突発的な犯行だとすると手掛かりを得ることもできんし。京堂君、どうするね？」

問われた警部補は腕組みを解き、

「被害者は犯行現場付近で加害者と遭遇したと考えていいでしょう。その周辺での聞き込みを徹底し、ひとりでも目撃者を見つけることが先決だと考えます」

「しかしそれは、もうやっているじゃ――」

「まだ、手ぬるいと思います。付近の住民すべてに聞き込みをすること。尾頭橋駅を利用している人間にもです。するべきことは、他にもたくさん――」

そのとき、会議室のドアが開いて女性がひとり入ってきた。中川署の署員だった。

彼女は一礼すると署長の前に立ち、報告した。

「今、港署《みなと》から連絡が入りました。こちらで捜査されている件についてです」

「港署？　どういうことだ？　事件とは全然関係ない場所だが」

訝る署長に、女性は言った。

「先月、八月十七日に今件の被害者である高嶋翔一と思《おぼ》しき人物が港署を訪れているそうです」

「それで？」

即座に問いかけたのは、京堂警部補だった。その冷徹な物言いに女性は少し気圧《けお》された様子だったが、気を取り直して報告を続けた。

「はい、高嶋翔一は港署の受付にやってきて、人捜しをしてほしいと言ったそうです」

「誰を捜したいと?」

「それが、ちょっと要領を得ない話で……」

女性は気後れしたように言葉を濁す。

「高嶋が言うには、名前も住んでいるところもわからない。でも、その女の子に恋をしたんだと」

「恋」

「恋?」

「恋だって?」

捜査会議内がどよめいた。京堂警部補はそのざわめきを視線で制すると、報告している女性に言った。

「最初から順序立てて、話してくれ」

2

「新太郎《しんたろう》君は港区にあるサンビーチ日光川って知ってる?」

ストローから口を離して、景子《けいこ》が尋ねた。

「たしか市営のプールだったよね」

新太郎は即答する。

「そう。市営プールなのに砂浜があったり波が出たりして面白いみたい。一度行ってみない？」

「そうだなあ……今年は結局プールにも海にも行けなかったし、来年は行ってみてもいいね」

「来年と言わずこれから行こうよ。まだ暑いし」

「暑いと言っても九月だよ。温水プールならともかく、水に入るには、もう遅いって」

「奥さんのビキニ姿、見たくないわけ？」

「ビキニって、あの紫のやつ？　結婚前に内海《うつみ》の海水浴場で着た？　あれってたしか、あんまり気に入ってなかったんじゃない？」

「たしかにデザインが今いち……だから買い換えるから。もっとセクシーで最新の。だから、ねえ」

ねだる景子に、新太郎は冷静に言葉を返す。

「今の事件が終わらないと、プールにも行けないんじゃない？」

「あ」

景子は今気付いたように、口許に手を当てた。そして思い直したように、

「しかたないなあ。じゃあ早く解決できるように手伝って」

「手伝ってって言われても……」

新太郎はグラスの飲み物をストローで一口飲んでから、

「今回は全然手掛かりがないじゃない。僕の考えるところ、高嶋って高校生が殺されたのは計画的なものじゃなくて偶発的なんじゃないかな。そういう事件って推理とかじゃ解決しないと思う」

「手掛かりはあったの。ひとつだけ」

そう言って景子も飲み物を口にする。

「……あ、今気が付いたけど、これって桃の味がするのね」

「ピーチジャムを使ってみました。菅沼《すがぬま》さんのエッセイに出てくるティースカッシュはブルーベリーを使ってたけど、これでも悪くないよね。それより手掛かりって何？」

「そうそう。それがサンビーチ日光川なのよ」

景子は高嶋が港署に女性を捜してほしいと依頼してきたことを話した。

「警察署に捜索願って、その女性は失踪したの？」

「高嶋はそう言ったらしいんだけどね。港署の職員が詳しく事情を聞いてみると、なんだかおかしな話でね。高嶋は八月十六日に友達と三人でサンビーチ日光川に遊びに行って、女の子をナンパしたんだって。その女の子はひとりでいたそうなんだけど、高嶋が積極的に誘って四人で遊んだわけ。で、帰り際に高嶋はその子とＬＩＮＥの交換をしたんだって。最近の若い子は電話番号じゃなくてＬＩＮＥを交換するんだね」

「みたいだね。それで？」

「別れてすぐにLINEを送ったみたいなの。すぐに返事が返ってきたから、欲を出して『また会いたいね』って送ったら『いつでもいいよ』って返ってきて有頂天になったみたい。すぐに『じゃあ次の日曜とかどう?』なんて送ったら、いきなり相手が退会しちゃったんだって」

「退会? アカウントを削除したってこと?」

「そうみたい。それで全然連絡が取れなくなったわけ。困った高嶋はサンビーチ日光川のある港区の警察署に捜索願を出そうとやってきたのよ」

「ちょっと待って。LINEで連絡が取れなくなったってくらいのことで捜索願? どういうこと?」

「高嶋の言い分では『俺と連絡取りたくないってだけなら、俺をブロックすればいい。退会なんて極端なことをするはずがない。何か理由があるはずだ。それを知りたいから警察で捜してくれないか』ってことだったの」

「うーん……ちょっと極端な考えかただね」

「高嶋に応対した署員の話だと、彼は当たり前のことみたいに捜索を依頼してきたみたい。『警察って人を捜してくれるんでしょ?』みたいなノリだったそうよ。正直、警察を嘗《な》めてるのかよって言いたいけど」

「景子さんが受付だったら、その場で相手の心臓を握り潰してるだろうね」

「そこまではしないわ。せいぜい尻を蹴飛ばして『一昨日《おととい》来やがれ』って怒鳴る程度。港署の署員も、そんなことじゃ捜索願は受理できないって追い返したんだって」

「まあ、当然の対応だね」

「あんまり非常識な話だからその署員も印象に残ってて、回状が回ってきたときにすぐ気付いて、こっちに連絡してきたわけ」

「なるほどね」

「わたしあんまりLINEのことに詳しくないんだけど、ブロックと退会って違うの?」

「ブロックは特定の相手だけに自分の存在を見えなくすることだよ。でも退会するとリストやトークの履歴、購入したスタンプや連動するゲームのアカウントも全部無効になる。つまり自分をLINEから消し去るんだよね。だからリスクはかなり大きい。たしかにたったひとりとの連絡を断つためにわざわざ退会はしないよね。もしかしたら、それ以外の理由があるのかもしれない。だからといって警察に捜してもらうようなことではないとは思うけど。まあ、それだけ高嶋くんがその女の子に惚れちゃったってことかな」

新太郎はティースカッシュを飲み干して、

「で、それが手掛かりってこと?」

「そう。ちょっと頼りないけどね。でも、今のところこんなのでも調べなきゃならないくらい捜査が行き詰まってるのよね」

「たしかにその件が事件に関係しているかどうかってなると、ちょっと心許ないね。それで、高嶋くんが好きになった子の名前は?」

「『かな』って名乗ってたそうよ」

「写真は？　撮ってないの？」

「高嶋たちは一緒に撮りたがってたけど、『かな』は嫌がって、撮らせなかった。でも仲間のひとりがこっそりスマホで撮ったのが一枚あるわ。横顔だけだったけど、なかなかかわいい子。年齢は十代後半から二十代前半かな。身長は百五十五センチ前後でスレンダーな体つき。身に着けてたのはオレンジ色の水着。写真はプリントアウトして聞き込みのときに使うことにしたわ。明日からローラー作戦で虱潰《しらみ》しよ」

「そうか。大変だね。でも……」

新太郎は不意に黙り込む。

「どうかした？」

妻の問いかけに、彼は鼻の頭を掻きながら、

「……ひとつだけ、助言してもいい？」

「なになに？　もう犯人わかったの？」

勢い込む景子に、新太郎は苦笑して、

「まさか。ただ捜査が間違った方向に行かないようにってこと」

「どういうこと？」

「景子さんたちにとっては、あんまり嬉しい話ではないけどね」

新太郎は空《から》になったグラスを見つめながら、言った。

「その写真に写ってる女の子は、『かな』じゃないよ」

3

その日、瞳と組んだのは中川署の泉本《いずみもと》という年輩の刑事だった。

「来年、定年なんですよ私」

彼は不意に、そんなことを言い出した。九月半ば、まだ気温は高いが湿度は低いのか、からりとした空気の中、ふたりはＪＲ線路沿いの細い道路を歩いていた。すでに何軒もの家を訪問している。

「この歳になるまで刑事を続けてきましたが、正直なところ自分の性に合ってたとは思えんですね。親父の跡を継いで八百屋でもやってたほうがよかったと思いますよ。そうしてればこんな苦労もしなかった。まあ、今更遅いですが」

「はあ」

なんと答えたらいいのかわからず、瞳は曖昧に頷く。

「息子も一時期警察官になるなんて言ってたんですが、私が止めました。警官なんかになってもいいことなんかないぞって。だってそうでしょ。仕事はきついし休めないし、一般人には怖がられるし。それで給料がよければいいんだが、そこそこですしね」

このひとは定年を迎えるまで警察に奉職していながら、ずっとこんなふうに愚痴をこぼしていたのだろうか、と瞳は思った。そうだとしたら、多分人生を楽しめてはいなかったのだろう。

「築山さんは、自分で刑事になろうと思ったんですか」

今度はこちらの事情を訊きはじめた。

「ええ、まあ」

「親御さんは反対しませんでしたか。女だてらに刑事みたいな危ない仕事なんかするなって」

女だてらに、という物言いが神経に障る。泉本が刑事になった頃はまだ女性でこの仕事に就く者はいなかったのかもしれないが、今ではそんなに珍しいことではない。京堂警部補のように男性に伍《ご》して、いや、男を凌駕《りようが》する勢いで活躍しているひとだっている。

「両親は賛成してくれました」

不機嫌さが表に出ないように気をつけながら、彼女は言った。

「わたしを信用してくれてましたから」

「ほお、なるほどね。立派な親御さんだ」

厭味《いやみ》ではない。本気で感心しているような口調だった。

「私も、息子の意見を聞いてやるべきだったかな。でも今は建築会社で立派に働いておるんですよ。結婚して子供もいてね。ときどき孫が遊びに来るんです。いやあ、かわいいもんですよ。今まだ三歳なんですが。これがかわいい盛りで」

今度は孫自慢になりそうだった。

「次はこの家です」

機先を制して、瞳は言った。

立ち止まったのは、古い一軒家の前だった。黒く染みの付いたブロック塀からきれいに剪定《せんてい》された松の木が覗いている。表札には「西原《にしはら》」と書かれていた。

インターフォンを押して来意を告げると、黄色いブラウスを着た四十歳くらいの女性が出てきた。訝るような、少し怯えるような表情をしている。泉本が言うように、刑事というのは一般人に畏怖の念を抱かせやすい。こういうとき女性であることが少しだけ有利になる。

「お忙しいところを申しわけありません。わたし、こういうものです」

警察手帳を提示するときも笑顔を絶やさないよう心がける。相手は手帳をちらりと見て、

「何でしょうか」

問いかけてくる。表情は少し和らいでいた。

「はい、先々週にこの近くで亡くなったひとのことで調べてまして」

「駅の近くで高校生が倒れてたって、あれのこと？」

「そうです。何かお聞き及びになっていること、ありませんか。事件が起きた日に何か変わったことがあったとか」

「……さあ、そういうことは、なかったですね」

女性は首を傾《かし》げる。

「あの日は駅のほうへは行かれませんでしたか」

尋ねたのは泉本だった。

「主人がＪＲで通勤してますから、駅は毎日利用してますけど、でも帰ってくるのはいつも八時頃ですから。それに事件が起きたのは日曜日でしたよね。だったら主人も駅には行ってませんｏ息子は自転車通学だからもともと電車も使わないし」

「息子さんは、おいくつですか」

「高校二年ですけど」

「じゃあ、亡くなった高嶋君とは同い年か」

泉本のその一言で、女性の表情が強張《こわば》った。

「息子は関係ないですよ。学校も違うし」

「すみません」

瞳は即座に謝った。内心、よけいなことを言った泉本に腹を立てていた。これでは聞ける話も聞けなくなるではないか。これが定年間際のベテランの仕事ぶりか。もしもこの場に京堂警部補がいたら、容赦ない視線で彼の心臓を射抜いていただろう。自分にそれだけの目力がないことを口惜《くや》しく思った。

「あの、事件のこととは関係なくてもいいんですけど、最近何か変わったことはありませんでしたか」

そう訊いたのは、相手の気持ちを逸らすためだった。

「どんなことでもかまいません。ちょっと変だなって思ったことがあったら」

「変だなって……そうね、この前、空に変な雲が出てたわね」

「雲、ですか」

「そう。なんか段々畑みたいな形の雲。あれって地震雲ってやつなのかしら？」

「それは……地震雲とは形が違いますね」

とりあえず、話を合わせる。

「そう？　でも最近あちこちで地震があるでしょ？　東海地方も昔から大きな地震があるって言われてるのに全然来ないから、逆に不安なのよねえ」

「そうですね。わたしも不安だから、いつも貴重品と避難道具は身近に置いて寝てます」

「やっぱりそうしたほうがいいのかしら？」

「いいですよ、きっと」

話しながら、さすがに地震の話題は関係ないなあと思う。しかし行きがかり上、話を聞かないわけにもいかない。

「やっぱりねえ。近所の横田《よこた》さんとこでもね、いざというときのために水や食料の備蓄をしてるって言ってたわ。そういうこと、しとかないといけないのよねえ。横田さんとこは家族ごとに避難道具も揃えてるんだって。娘さんはそういうの馬鹿にしてるみたいだけど。反抗期っていうの？　やたらに親のやることに反発する時期ってあるじゃない。息子も中学の頃にそんな感じだったけど、横田さんとこは今頃来たみたい。何日も家を空けたりするんだって。息子と同い年でね、小さい頃は一緒に幼稚園とか小学校にも通ってたのよ。そのころはかわいくて素直な子だったんだけどねえ」

気を許してくれたのはいいが、今度は話が長い。それでも瞳は相槌を打ちながら、彼女の話を聞いた。

そして話が途切れたのを見計らって、プリントアウトした写真を取りだした。

「そうそう、ちょっとこれ、見ていただけますか。この女の子に見覚えありませんか」

写真を受け取った女性は、眉をしかめるようにしてそれを見つめた。

「どの子？」

「この真ん中にいる横顔の子です」

「ああ、この子……ちょっと待って」

眉間《みけん》の皺《しわ》がさらに深くなった。

「……似てるわねえ。似てるけど……」

「誰に似てるんですか」

「今、話してた、横田さんのところの娘さん。すごくよく似てるわ」

「本当ですか。間違いありませんか」

泉本が口を挟んでくる。

「間違いないかって言われると、自信ないけど……」

また警戒するような口調になる。だから余計なことを言うな、と心の中で悪態をついてから、瞳は言った。

「横田さんのお宅、教えていただけませんか」

「でも……」

女性は躊躇《ちゅうちょ》している。瞳は続けて、

「こちらで伺ったということは、絶対に明かしませんから。お願いします。ちょっとした調査をしたいだけなんです」

「はあ……」

なおも渋っていたが、瞳が再三頼み込むと、やっと住所を教えてくれた。

「ありがとうございます。あともうひとつ、その娘さんのお名前は？」

「横田、由莉《ゆり》さんよ」

その家は西原家から五十メートルほど離れたところにあった。どこでもよく見かける形状と外観の建物だ。たぶん大手の住宅会社の建て売りだろう。

インターフォンに応じて出てきたのは、やはり四十代らしい痩せた女性だった。身嗜《みだしな》みはきちんとしているが、顔色が悪く見えた。

「どういうご用件でしょうか」

問いかけてくる声にも力がない。瞳は写真を差し出して、

「失礼ですが、この写真に写っているのはお嬢さんでしょうか」

手渡された写真を見つめ、彼女は頷いた。

「……そうですね。これはうちの娘です。この水着はわたしが買ったものですし。それが何か？」

「お名前は横田由莉さんですね？」

「ええ」

「今はどちらに？」

「たぶん学校、だと思うんですけど」

「たぶん、というのは？　はっきりしないんですよ」

「それが……ここしばらく、家には帰ってきてないんです。友達のところで泊まってるのかもしれません」

「そういうことは、よくあるんですか」

「二、三日くらいなら。でも、もう二週間くらい帰ってこないから」

二週間、という言葉が気にかかった。高嶋翔一が殺された頃から、ということだ。

「それは失踪ですなあ。間違いない」

泉本が言った。

「奥さん、捜索願を出したほうがいいですよ」

「でも……大事《おおごと》にすると後で娘に怒られますし」

「それがいかん。嫁入り前の娘が頻繁に家を空けるなんてことが、そもそも間違いなんです。遠慮なんかしちゃいかんですよ」

説教を垂れる泉本を無視して、瞳は言った。

「由莉さんが身を寄せそうな友達をご存じないですか」

「友達、ですか……娘は自分のこと、あまり話さないので……でも、娘に何かあったんですか」

「少々お話を伺いたいことがありまして」

瞳は言葉を選びながら尋ねた。

「由莉さんの学校はどちらですか」

4

「横田由莉は二週間前から学校にも来ていませんでした」

中川署内の一室で、瞳は報告した。

「彼女が通っている高校で担任に尋ねたんですが、ときどき不登校をしていたそうです。教師が理由を訊いても、いつも『特に理由はない』と答えていたとのことです」

「理由なき反抗ってやつか」

間宮《まみや》警部補が言う。

「反抗ってレベルでもないでしょ。ただ行きたくないから行かないってだけで」

と、生田が返す。

「俺だって中学の頃、そういうのありましたもん」

「おまえも不登校だったのか。引き籠もりか」

「いえ、学校に行かずにゲーセンに通いつめてました。音ゲーとか、結構レベル高かったんですよ。なんたって——」

「生田、黙れ」

冷たい声が、彼の饒舌《じょうぜつ》を止めた。京堂警部補は視線を瞳に戻して、言った。

「続けろ」

「あ、はい。学校で由莉の交遊関係を訊いてみた結果、三人の女子生徒の名前が挙げられました。加左井《かさい》節子《せつこ》、秋野《あきの》小夏《こなつ》、日沼《ひぬま》結《ゆい》。一応この三人に話を聞きましたが、誰も由莉の行方は知りませんでした。そもそも三人とも学校内では比較的話をする程度ということで、一緒に遊ぶようなこともなかったと言ってます」

「プールへ遊びに行くこともなかったのか」

「それも確認しました。三人とも行ったことがないと証言しています」

「それ、信用していいの？　誰か嘘ついてるかもしれないよ」

生田が混ぜ返す。瞳は答えた。

「たしかにその可能性もあります。必要があれば、さらに追及します」

「必要なんて、あるんかな」

間宮が腕組みをして、

「そもそも、高嶋翔一の事件と横田由莉が関係あるかどうかも、わからんしな」

「わたしは、あると思います」

瞳が言う。

「お母さんにお願いして、由莉の部屋を見せてもらいました。そこで、これを見つけました」

自分のスマホを取り出し、画像を表示する。そこに写っているのは勉強机だった。

「由莉の机か」

京堂警部補の問いかけに瞳は頷き、画像を拡大してみせた。

「見てください。この机の上のノートですけど、開いてみたら日記のようなもので日々のあれこれが書いてありました。その中に書いてあったことなんですが……」

そう言って次の画像を見せる。開いたノートが写されている。

【いやだいやだいやだ死刑なんかいやだ】

ひどく乱暴な筆跡で、そう書かれていた。

「その前に書かれていた文章の日付から考えると、これは八月二十一日以降に書かれたものです」

「二十一日というと、高嶋翔一が殺された日だな」

「はい。これだけで断定するのは早計かもしれませんが、由莉は自分が死刑になることを恐れていた。つまり罪に問われるようなことをしたのではないかと思われます」

「つまり、この由莉って子が高嶋を殺したってわけ?」

生田が訊く。

「だから断定はできません。それを確かめるためにも、彼女を探し出さなければ」

「そういうことなら話は別だわな。これは俄然、有力な情報になってきたわ」

間宮が言った。

「景ちゃん、署長に言って横田由莉の所在確認を最優先にしてもらわなかんな」

「そうします」

京堂警部補は即答した。そして瞳に言った。

「築山、もう一度横田由莉の家に行け。高校以外での由莉の交遊関係を調べるんだ。彼女の友達の中に『かな』という名前の人間がいないかどうか確認しろ」

5

「……でも、いなかったのよねえ、『かな』って子は」

疲れた声で言いながら、景子は鶏肉のトマト煮を口にした。

「……あ、美味しい。ちょっとピリッとしてるところがいいわ」

「チリパウダーを入れてるからね」

新太郎が言った。

「鶏の臭みがないのも、そのせい？」

「煮込む前に鶏肉にクミンと黒胡椒《こしょう》を揉み込んであるしね。それよりも、本当に由莉さんの周辺に『かな』って子はいなかったの？」

「うん。母親に聞いても、そういう名前の友達はいなかったって言ってる。築山は念のために小学校と中学校の卒業アルバムを見せてもらって調べたそうなんだけど、やっぱり『かな』はいなかったって」

「そうかあ……僕の見立てが間違ってたかなあ」

「写真に写ってる子が『かな』じゃないって推理は正しかったじゃない」

「あれも半ば当てずっぽうみたいなものだったからねえ。もしかしたら高嶋とLINEを交わしたスマホは『かな』と名乗ってる子の持ち物じゃないんじゃないか、と思ったんだ。自分のじゃないからLINEもあっさり退会できたんだと」

「他人のスマホでLINEの交換をして、その後で退会したってことよね。でも、どうしてそんなことを？」

「たぶん、由莉さんは『かな』に成りすましたかったんだと思う。こっそり『かな』のスマホを盗んで、ナンパしてきた高嶋くんに自分は『かな』だと思わせた」

「……ますます意味がわからなくなってきた。そんなことをした理由は？」

「騙そうとしたからだよ」

「高嶋を？」

「いや、他の誰かだと思うな」

新太郎は冷えた麦茶で喉を湿らせてから、

「たとえば、景子さんが知らない男とLINEの交換をして『今日は楽しかったね。また会いたいね』なんてやりとりをしてるのを知ったら、僕は景子さんが浮気をしたと思うに違いない」

「しないわよ、そんなこと。絶対に」

「わかってるって。だからもしもの話。でも誰かが景子さんのスマホを盗んで、景子さんに成りすまして誰かとLINEの交換をして、そのやりとりを僕に見せたら？　僕がうっかり者だったり景子さんをもともとあんまり信用してなかったら、騙されるかもしれない」

「そんな悪質なこと……それを由莉がしたってこと？」

「そういうことなんだろうと思ってる。となると、スマホを見せた相手は『かな』の彼氏だろうね。由莉さんもその彼氏のことが好きなのかな。だからふたりを別れさせようとした」

「ひどい話。由莉ってかなりのワルだわ」

景子は憤慨する。

「でも、どうして高嶋を殺したのかしら？」

「事件が起きた日、高嶋くんは突然『ああっ！』と叫んで駅とは反対の方向に走っていった。そうだよね？」

「ええ」

頷いてから、景子は眼を見開いた。

「まさか、そのときに由莉を見かけた？」

「そうなのかもしれない。高嶋さんは『かな』と信じている由莉さんを追いかけて走り出した。

そして高架下でやっと捕まえて問い詰めた」

「その悶着の最中、逃げようとしたのか、あるいはカッとなったのか、由莉は高嶋を突き飛ばした……」

「打ちどころが悪くて、高嶋さんは命を落としてしまった、ということだろうね」

「怖くなった由莉は、どこかに逃げ出したのね」

「それならまだいいけどね」

新太郎の表情が曇る。

「いいけどって、どういうこと?」

「ひとつ気がかりなことがあるんだ。由莉さんの策略で浮気をしたことにされた『かな』はどうなったんだろうかって」

「わたしが彼氏なら、怒って別れるわね」

「僕が『かな』なら、それじゃ納得できないね。自分の潔白を証明したい。そもそも自分のスマホにはそんなやりとりは残ってないんだから」

「LINEを退会しちゃってるものね」

「退会して証拠を消した上でスマホを元の場所に戻しておいたんだろうね。でも自分のスマホが盗まれたり戻ったりしたら、さすがに『かな』も気付くんじゃないかな。間違いなく由莉さんは『かな』や彼氏と一緒に行動してたんだから、彼女の仕業だとわかっちゃう気がする」

「『かな』も彼氏も由莉と一緒にサンビーチ日光川に遊びに来てたってことね」

「そもそも女の子がひとりでプールに遊びに来るなんて、あまり考えられないからね。きっと何人か——もしかしたら『かな』と彼氏の三人で来てたはずだよ」

「たしかにひとりではプールには行かないかもねえ」

「それくらい親しい間柄だったら、由莉さんは逃げ出すときに頼りにしたかもしれない」

「由莉は『かな』に匿《かくま》われてるってわけ？」

「そう。でも『かな』はスマホに細工をしたのが由莉さんだと気付いている可能性がある。プールに行ったのが三人だけでなくても、スマホをこっそり盗み出したり、また返したりできる人間となると限られるだろうからね。『かな』にとって由莉さんは許せない相手だ。そんな人間を匿ったりするだろうか」

「怒って追い返しちゃうかも」

「あるいは、助けるふりをして復讐するかもしれない」

「復讐……まさか」

「できるだけ早く、由莉さんの居所を見つけないと」

新太郎の表情が真剣味を帯びる。

「でも、『かな』の正体がわからないと、なんともならないわよ」

「そうだね。一緒にプールに行くくらいだから、それなりに親しい間柄だと思うんだけど……高校の友達が一番可能性が高いんだけどなあ」

「でも、三人の友達は誰も『かな』って名前じゃないわよ」

「『かさいせつこ』さんと『あきのこなつ』さんと『ひぬまゆい』さんだっけ？」

「そう。加左井節子には『か』、秋野小夏には『な』の字が入ってるけど、『かな』はいないの」

「うーん……」

新太郎は考え込んでいたが、ふと思いついたように、

「その三人の名前、どう書くの？」

と尋ねた。景子は食卓を立つとメモとペンを持って戻ってくる。そして三人の名前を書き出した。

「ありがとう。食事、終わらせちゃってよ」

新太郎はそう言い、メモ書きを見つめはじめた。景子はトマト煮を食べながら、夫が考える様子を見ていた。

「……もしかしたら」

不意に、新太郎が呟いた。

「どうしたの？　何かわかった？」

箸を止め、景子が尋ねると、

「景子さん、食事の最中で悪いけど、一刻を争うかもしれないから」

「そんなのいいわよ。わかったの？」

「うん。今から警察のひとで調べに行ってくれないかな」

「どこへ？」

尋ねる妻に、新太郎は答えた。

「加左井節子って子のところだよ」

6

「……簗山からだったわ」

電話を終えた景子が言った。時刻は午前零時になろうとしていた。

「横田由莉の身柄を確保したそうよ。新太郎君の言ったとおり、加左井節子の自宅の部屋にいたわ」

「そうか。大丈夫だった？」

「命に別条はないそうよ。ただ手足を縛られて、何ヶ所か打撲があるみたい。節子に暴行を受けたようね」

「生きて見つかっただけ、よかった。まさか殺しちゃうなんてことはないと思ったけど」

「節子も『少し痛い思いをさせたかった』って。よほど腹にすえかねたんでしょうね。見つけ出した由莉からも話を聞いたけど、概《おおむ》ね新太郎君が推理したとおりだったわ。彼女が高嶋を死なせた犯人だった」

「そうか……故意ではなかっただろうけど、痛ましいね」

「夏の日の恋物語が、一転して凄惨な殺人事件。嫌な話だわ」

「そうだね。これから県警に行く？」

「もちろん。でも、その前に教えて。どうして節子が『かな』だとわかったの？」

「ああ、その話、まだしてなかったね」

新太郎は微笑んだ。

「でも単純なことだよ。『かな』って名前が本名でなかったとしても、自分の名前となんらかの関係があるんじゃないかって思ったんだ。それで『かな』をいろいろ変えてみた。『カナ』とか『仮名』とか『哉』とか。そしたら、節子さんがぴったりくるとわかったんだ」

「……まだわからない。どうして？」

「彼女の苗字だよ。『加左井』の『加』には『カ』、『左』には『ナ』が隠れてる」

「合わせて『カナ』か……」

「これも想像だけど、彼女は『節子』なんて古めかしい名前が気に入らなかったのかもしれないね。だから自分を『カナ』と呼んでほしかったのかも」

「そういうことなのね。なあんだ、わかってしまえば簡単な話」

「百パーセントの確信はなかったけど、予想が当たってよかったよ」

「そうね。今回も新太郎君のおかげだわ」

景子は新太郎を抱きしめた。

「じゃ、行ってくる。これで事件が解決したら、いよいよふたりでプールね」

「それなんだけどね」

新太郎は苦笑しながら、

「もう遅いんだ」

「どうして？　まだまだ暑いわよ。いえ、少しくらい肌寒くても新太郎君に新しいビキニを見せなきゃ」

「新しいの買ったの？」

「仕事の帰りにデパートに寄ってね。見たいでしょ？」

「そりゃあまあ……でも、駄目なんだ」

「どうしてよ？」

「プールの営業、今年はもう終了しちゃったんだよ」

「え？　そうなの？　じゃあ……」

景子は落胆しかけたが、ふと笑顔に戻って言った。

「大丈夫。ビキニは見せたげる。今夜、待っててね」

六曲目——華麗なる賭け

彼が淹《い》れた紅茶を初めて飲んだのは、彼の家を初めて訪れた日だった。

古い借家ということだったが、たしかに家の中には使い込んだもの特有の香りがした。

「男所帯で片付いてないんだ。ごめん」

「いいの。わたしはそういうの見ないふりができるから」

一瞬、間が生じた。わたしのジョークが通じるのに少し時間がかかったようだった。でも彼は、笑ってくれた。

椅子に腰掛けて待っていると、食器のかたかたという音とともに彼が戻ってきた。

「ごめん、こんなものしかないんだけど」

「紅茶?」

「そう。でも家にはティーバッグしかなくて。君にこんなものを出すなんて失礼かな」

「気にしないで。ティーバッグを使うのは邪道だなんて思ってるのは日本くらいのものなのよ」

「そうなの?」

「日本には茶道の文化があって、お茶は手間隙《てまひま》かけて丁寧に淹れるべきものだって考えがあるからでしょうけど、ティーバッグはインスタントの安物だって意識が強いのね。たしかにティーバッグはお手軽よ。もともと一杯分の茶葉を量っておいて個別にしておくというのが始まりだったから時間短縮の意味あいは強かったし、一九三〇年代にCTC製法という、より短時間で紅茶を抽出できる製造法が発明されてから、ティーバッグはさらに手軽なものになったわ。でも、だからって味が落ちたわけじゃないの。淹れかた次第で充分に美味《おい》しくなるのよ。紅茶を淹れるときには注ぐお湯の温度をできるだけ冷まさないことが肝要なの。だから前もってカップを温めておくとか、お湯を注いだ後にソーサーを被せるとかして熱が逃げないようにすれば、ティーバッグで淹れても充分美味しくなるの」

「ああ、ごめん。カップは冷たいままだし蓋《ふた》もしなかった」

彼は本当にすまなそうに言った。わたしは自分がちょっと余計なことを言いすぎたことに気付いた。

「わたしこそ、ごめんなさい」

そう言って、紅茶を一口啜《すす》った。

「……美味しいわ」

「本当に？　だって君みたいなプロから見れば、こんな安物なんて――」

「安いけど一級品よ。ブレンドする茶葉の選定にも製法にも、それとバッグの形状や材質にもとことんこだわって作ったティーバッグなんだから。わたしの苦心の結晶」

「え……？」

「だから、これはわたしが関わった作品」

二年前、わたしがメインとなって立ち上げたプロジェクトから生まれた製品だった。一口飲めば、すぐにそれだとわかる。

「そうか……なんてこった……」

彼は情けなさそうに、

「返すがえすも君に失礼なことを言ってしまった。僕は、駄目な奴だ……」

「そんなことないわ。このティーバッグ、いつも飲んでるんでしょ？」

「ああ」

「安いから？」

「それもあるけど、飲み比べてみて一番美味しいと思ったから」

「ありがとう」

わたしが言うと、

「気を悪くしてない？」

「全然、大事なお得意様だもの」

続けて彼が淹れてくれた紅茶を飲んだ。正直に告白する。この紅茶を飲んでこれほど美味しいと思ったことは、これまでなかった。何百回というテイスティングをして味と香りについては知り尽くしていたはずなのに、初めて飲んだかのように新鮮だった。

それは、彼が淹れてくれたからだ。

彼はレコードをかけてくれた。最近お気に入りの映画音楽だと言った。

「なんて映画？」

「『華麗なる賭け』って言うんだ。スティーブ・マックイーンとフェイ・ダナウェイが出ててね。すごくお洒落《しやれ》でかっこいい映画だよ。そのテーマソングがミシェル・ルグランが作曲したこの『風のささやき』なんだ」

そして彼は映画の話をしてくれた。とても楽しそうに。わたしはレコードを聴きながら、その話に耳を傾けた。

二杯目の紅茶を飲みながら、わたしは言った。

「お茶って、どうやって淹れたかより、誰が淹れてくれたか、誰と飲むかってことのほうが大切なのね」

「そうかな……そうかもしれないね」

彼も紅茶を啜った。

「……うん、たしかにいつもより美味しい」

わたしは思わず微笑んだ。そして、こうしてふたりでお茶を飲む時間をこれからも共有したいと強く思った。

だからその後、彼がおずおずとプロポーズしてくれたときには、本当に嬉しかった。こんなわたしでも結婚なんかできるのかと思ったりもしたが、彼は迷わずわたしと一緒に暮らすことを選んでくれたのだ。わたしも迷いはしないと心に決めた。

結婚したのは、翌年のことだった。彼は経理の仕事から晴れて念願だった音楽制作の仕事に移り、数々の業績を残した。家庭では良き夫であり、良き父親だった。

ふたりで何度も一緒に紅茶を飲んだ。仕事で手に入れた様々な茶葉を家に持ち込んで試したり、彼が気に入って買い込んだティーセットで時間をかけてゆっくり過ごしたりもした。一緒にイギリスに旅行し、アフタヌーンティーを楽しんだこともある。そうやって幾杯もの紅茶を、ふたりで飲んできた。

でも彼のことを考えるたび思い出すのは、最初に出会ったときのティースカッシュと、彼が初めて淹れてくれたティーバッグの紅茶の味と香りだった。

彼がこの世を去って三年になる。今は子供も家を出て、またわたしひとりだ。紅茶もひとり分、ティーバッグを使うことが多い。

それでもわたしは、心を込めて丁寧に淹れる。『華麗なる賭け』のテーマを聴きながら。紅茶を飲めばいつでも、今はいなくなったひとたちとまた再会することができるからだ。

1

やっぱり犬に似ている、と築山瞳《つきやまひとみ》は思った。

取調室の椅子に座ったその男の印象は、初めて眼にしたときから同じだった。パグとかブルドッグとかの、顔がくしゃっと丸くなった犬だ。容貌だけでなく、座ったまま何かを待っているように見える姿が、そう思わせているのかもしれない。

取調室といっても刑事ドラマに出てくるような暗い小部屋ではない。照明は明るく壁も白い。テーブルには男の顔を照らす電気スタンドも置かれてはいない。

瞳はその部屋の片隅に置かれた机の前に座っていた。記録係として、調書を作成するのが彼女の今日の仕事だ。

男とテーブルを挟んで座っているのは、京堂《きょうどう》警部補だった。いつものように凛《りん》とした姿勢で相対している。

「後藤清孝《ごとうきよたか》と君の間の接点を見つけ出すのに、苦労させられた」

警部補は、そう切り出した。

「ふたりの過去を徹底的に洗い出した。そしてやっと、見つけた。君と後藤は小学校のときに同級生だったんだな」

男は答えない。犬のように濡れた眼で警部補を見つめているだけだ。泣いているのではない。彼はもともと、そんな目付きだった。

「中学は別々だった。君が転校したからだ。親の仕事の都合ではなく、君のことが理由で引っ越した。その理由とは？」

男はやはり、答えない。

「答えないなら、こちらの推測を話す。君は当時いじめに遭っていたと証言する者がいる。やはり同級生だった田淵良男《たぶちよしお》という人物だ。覚えているか……答えなくてもいい。田淵は君と後藤のことを覚えていた。いじめの主犯格は後藤だった。田淵は後藤の仲間で、一緒に君をいじめていた。ずいぶんと酷いことをされたようだな。だから中学は彼らとは別の学校に通うため、引っ越した」

男の表情は変わらなかった。他人の話を聞かされているかのようだった。

「それ以降、君たちの接点は見つかっていない。もしもそれに間違いないなら、今回のことの原因は、その小学校時代に遡《さかのぼ》ることになる。君は、そのときの仕返しをしたかったのか」

そう言って京堂警部補は、男を見つめた。対する者の心臓を貫く、氷のように冷たい視線だ。最初は男も無表情を保ち、その視線に抗していた。しかし次第に視線を逸らし、ついには俯《うつむ》いた。耐えられなかったようだ。

「仕返し……ではない」

俯いたまま、男は言った。

「僕にはただ、手駒《てごま》が必要だった。目的を達するための道具だ。だからあいつを選んだ。あいつは昔、僕のことをひどく扱った。ただあいつより成績が良くて、あいつより優れた人間だからという理由で、僕を自分の憂《う》さ晴らしの道具にした。だから僕も、あいつを道具にしたんだ」

「それを仕返しと言うんだ！」

警部補は言い放った。その語調の鋭さに、記録している瞳の心臓も鼓動を乱した。

男は一瞬怯《おび》えたような表情になり、だがすぐ元に戻った。それでも警部補の恫喝は充分に効いていると瞳は思った。彼を包んでいた見えない防壁が崩れたように見えたのだ。

京堂警部補も、それは認識しているようだった。身を乗り出して彼に顔を近付け、言った。

「さあ、話してもらおうか。最初から、順番にな」

2

話はそれから一週間前に遡る。

いつものように遅く帰ってきた妻を、京堂新太郎《しんたろう》は手作りの料理で迎えた。その夜のメニューは秋刀魚《さんま》の竜田揚げに八丁《はっちょう》味噌だれをかけたふろふき大根、常備菜のもやしと昆布の胡麻和え。

「今日も忙しかったみたいだね」

旺盛な食欲を露《あらわ》にする妻を前に、彼は言った。

「そりゃもう……大変だったわ」

口を動かしながら、景子《けいこ》は答える。

「あー、竜田揚げがさくさくしてて美味しい！　大根も熱々で美味しい！」

「ありがとう。慌てないで食べてね」

夫はそう言ったが、景子はものすごい勢いでたちまちのうちに料理を一掃してしまった。

「ふーっ、ほんと、人心地がついたわ。今日もお昼抜きだったから」

「そりゃ大変だ。もしかして、高峯町《たかみねちょう》の事件？」

「そうそう、それ。テレビで流してた？」

「そりゃ大事件だからね」

その日の午後一時、名古屋市昭和区高峯町にあるスーパー金城《かねしろ》の駐車場で店の売り上げ金を積み込もうとした現金輸送車が襲われ、八百六十万円が強奪されたのだった。

「たしか、警備員がふたり襲われて怪我をしたってニュースでは言ってたね」

「そのうちのひとりは死亡が確認されたわ」

食後の焙《ほう》じ茶を啜りながら、景子は暗い表情で言った。

「ふたりとも鉄パイプみたいなもので後頭部を殴られて、もうひとりも全治一ヶ月くらいの重症なんだって。ひどいことするわよね」

「本当にね。亡くなったひとの名前は？」

「飛田《とびた》征四郎《せいしろう》、三十五歳。病院に運び込まれて意識が戻らないまま亡くなったんだって」

「それはまた痛ましい話だね。しかし強盗殺人かあ。殺してまで金を奪う必要があったのかな？」

「わからないけど、遺体には複数回殴った形跡があったそうだから、死んでもかまわないと思ってた可能性は高いわね」

「ひどいなあ……それで、犯人の特定はまだできないの？」

「重傷のもうひとり、塚本大祐《つかもとだいすけ》という警備員の話だと、犯人は単独犯みたい。顔はマスクとサングラスで隠してたからわからないけど、中背くらいでがっしりした体つきだったって。着てたのは黒っぽいセーターにジーンズ。いきなり襲われて殴られて気を失ったから、彼が認識してたのはそれだけ。昼間だったけど業務車専用駐車場で人気《ひとけ》がなかったから目撃者も皆無なの」

「現金はどうやって持ち去ったのかな？」

「駐車場には防犯カメラとかはなかったんだけど、買い物客がものすごい勢いで走り去っていく車を見てるわ。ナンバーまではわからないけど、茶色いバンだったみたい」

「それは有力な証言だね」

「すぐに手配したわよ。まだ引っかかってないけど」

「そうか……あ、ところで景子さん、まだお腹に入る？　ケーキ買ってあるんだけど」

「ケーキ？　食べる食べる！」

「じゃあ、ちょっと待っててね」

新太郎は冷蔵庫からケーキ屋のパッケージを取り出し、ティーカップを持ってきた。

「あら？　今日はティーバッグで淹れるの？　いつも茶葉で淹れてるのに」

「それも菅沼絵美子《すがぬまえみこ》さんの影響なんだ」

「新太郎君がイラスト書いてるエッセイのひと？」

「そう、じつはこのティーバッグ、菅沼さんが開発に携わったものなんだってさ」

「へえ、たしかティーなんとかってひとだった？」

「紅茶鑑定士《ティーテイスター》だよ。賀川《かがわ》紅茶で五十年以上紅茶のテイスティングをしてきたんだって」

「賀川の紅茶って言ったらスーパーでも見かけるわね」

「紅茶に関しては日本のトップ企業だからね。菅沼さんもテイスターとしては日本の最高峰のひとりだよ。ただ人見知りが強いのか、表に出てきたことはないみたいだね。写真も見たことないな」

「じゃあ、新太郎君はその菅沼ってひとに会ったこともないの?」

「ないない。イラストレーターが作家に会うことなんて、もともとほとんどないことだしね。今度菅沼さんのエッセイが本にまとまることになったんで僕もイラストを一部描き直したりしてるんだけど、菅沼さんからの要望は編集者を通じて間接的に送られてくるだけなんだ」

そう言いながら新太郎は温めたカップに熱湯を注ぎ、それにティーバッグを沈め、その上にソーサーで蓋をした。

「こうして蒸《む》らすと美味しくなるんだって。これも菅沼さんの受け売り」

待つことしばし、ゆっくりとティーバッグを引き上げ、カップを景子の前に差し出す。

「あ、いい香り」

「でしょ」

新太郎がパッケージから取り出したのは栗のモンブランだった。

「最高の取り合わせじゃない」

景子はフォークをモンブランに差し入れようとした。そのとき、軽やかだが耳障りな音が響いた。景子のスマホが着信したことを知らせたのだ。

「今頃かかってくるのは……あ、やっぱり生田《いくた》だわ」

不満に口を尖らせ、それでも電話に出る。

「わたしだ。どうした？　……ああ……え？　本当か!?」

景子の顔色が変わる。

「……わかった、すぐに行く」

そう言って電話を切った後、景子は言った。

「このモンブラン、悪いけど取っといて。帰ってから食べるから」

「何かあったの？」

「さっき言ってた現金輸送車を襲った犯人が乗っていたと思われるバンが見つかったんだって」

「ほんと？　じゃあ、犯人は？」

「運転していた男は確保したみたい。今、昭和署に護送されてるわ。わたし、行ってくる」

「わかった。気をつけて」

新太郎が言うと、景子は返事のかわりに夫の頬にキスをした。

「さっさと事件を片付けて帰ってくるからね」

3

マジックミラー越しにその男を見た瞬間、簗山瞳は魚を想起した。スーパーの鮮魚売り場に並べられている鯵《あじ》や鯖《さば》のように生気のない、どろんとした眼をしている。

背丈は百八十センチ近くあるかもしれない。がっしりとした体型だ。頭の鉢も大きく、乱れた髪は額から頭頂部あたりにかけてかなり薄くなっていた。唇は厚く、顎のあたりがたるんでいる。

身に着けているのはところどころ油染みの付いた灰色の作業着だった。元の色がわからないくらい汚れたスニーカーを履いている。

「前科、あるかもしれんな」

傍らに立つ間宮《まみや》警部補が言った。

「生田、景ちゃんが来る前に調べとけ」

「はい」

指示された生田刑事が部屋を出ていく。

取調室にはその男の他、昭和署の刑事がふたりいた。ひとりは記録係として、もうひとりは彼を尋問するために。

——後藤清孝、三十八歳。現住所は名古屋市港区明正《めいしょう》三丁目三。間違いないか。

声はスピーカーから聞こえてくる。しかし後藤の応答はなかった。

——昨日午後一時に名古屋市昭和区高峯町のスーパー金城の駐車場で現金輸送車を襲い、現金を強奪したのは君か。

——……。

やはり後藤は無言だった。

——君が乗車していた車の後部座席に現金八百六十万円あまりを入れた輸送ケースが発見された。言い逃れはできないぞ。

刑事の追及にも、彼は一言も発しない。頑《かたく》なに沈黙を貫いた。その後も質問が重ねられたが、後藤の態度は変わらなかった。

「強情ですね」

瞳が言うと、

「黙秘しとれば罪を免《まぬが》れると思っとるかもしれんな」

間宮が答えた。

「そういう容疑者は結構おる。でもまあ、最後まで黙秘しつづけるような奴は、滅多におらんがな」

瞳は後藤の顔を見つめた。内心を見透かすことが難しそうな表情だ。隠しているのではない。もともと心など無さそうに見えるのだ。彼女の乏しい経験では、このような人間にどう対したらいいのかわからなかった。

そのことを尋ねようとしたとき、ドアが開いた。

入ってきたのは、京堂警部補だった。瞳は無意識に緊張する。

警部補は取調室のほうへ眼を向け、言った。

「情報を」

瞳はすかさず、これまでわかっていることを上司に報告した。

「後藤の車は明正一丁目の交差点で警邏《けいら》中の警察官により発見、尋問を経て確保されました」

「住所も明正だったな」

「はい。発見されたのは自宅の近く。車の方向から考えて帰宅する途中だったと考えられます」

「盗まれた現金は全額見つかったのか」

「はい。照合の結果、一円も減っていないことが確認されています」

「被疑者は黙秘か」

「確保されて以来、ずっとあんな様子です。取調室に入ってから一言も喋っていません」

そこへ生田が戻ってきた。

「あいつ、五年前に窃盗で捕まって懲役二年食らってます」

「やっぱりそうか」

読みが当たった間宮が頷く。と、京堂警部補が急に部屋を出た。

取調室に入った警部補は尋問していた刑事に何事か話し、彼に代わって後藤の向かい側に座る。

――なぜ殺した？

警部補は開口一番、問いかけた。

――なぜ警備員を殺した？

後藤はやはり黙っている。京堂警部補は同じ口調で続けた。

――ただ相手を怯ませるためなら、あんなに何度も殴る必要はないはずだ。何があった？

後藤は俯いたままだった。

――顔を上げろ。

警部補の声が鋭くなる。のろのろと彼の顔が上がり、眼を合わせた。

ぞくり、と体が震えるのを瞳は感じた。警部補の氷の視線が後藤の体を貫くのをまともに眼にしたのだ。

後藤の巨体も感電したかのように震えた。

――下を向くな。わたしを見ろ。

冷徹な声が響く。

――後藤清孝、なぜ警備員を何度も殴った？

後藤は眼を見開いていた。体を震わせたまま、警部補をじっと見ている。捕食者に魅入られた鼠のようだった。

――……俺は……。

彼が初めて声を発した。

――俺は、殺すつもりなんてなかった。ただ動けなくするつもりで一回だけ殴ったつもりだった……でも、そんなに強くは殴らなかったし……本当だ。殺そうなんて思ってなかったんだ。

彼は両手で頭を抱えた。

――俺、誰も殺そうなんて思わなかった。ただ金が手に入れば、それでよかった。なのに……。

――飛田征四郎さんは死んだ。それは事実だ。

京堂警部補が言うと、後藤は力なく首を振った。

――死ぬなんて……死ぬなんて思わなかった……。

しばらく嗚咽《おえつ》が続く。警部補はその間、ずっと黙って彼を見ていた。後藤が落ち着きを取り戻すと、傍らで見ていた昭和署の刑事に言った。

――後はよろしく。

そして瞳たちのいる控室に戻ってきた。

「さすがですねえ京堂警部補、一発で落としちゃった」

生田がうきうきとした表情で迎える。

「なんかもう、落としのプロって感じですよ。京堂警部補にかかったら死人だって口を割りますね」

「生田」

京堂警部補の冷たい視線が、部下に向けられた。

「口を慎め」

ぐっ、と生田がたじろぐ。

「あ……すみません」

いつもこれだ、と瞳は内心あきれる。生田先輩はいつも余計なことを言って、京堂さんに窘《たしな》められている。後悔とか反省とかしないのだろうか。

「ここはもう昭和署に任せればいい。帰るぞ」

そう言って警部補は出ていこうとする。

「あ、あの」

瞳はその背中に声をかけた。警部補が振り向く。

「どうした？」

「はい、あの……ひとつだけ気になることがあるんです」

「何だ？」

上司の反問に、瞳はガラス越しに後藤を指差した。

「今、『一回だけ』って言ったんです。彼」

4

「それは、たしかに気になるよねえ」

モンブランを口に運びながら新太郎は言った。

「言われてみれば、そうなのよ」

景子はそう答えて紅茶を一口啜る。

「……あれ？　出かける前のと紅茶の味が違う気がするんだけど」

「ノンカフェインだからね。これから寝なきゃいけないひとにカフェインたっぷりの紅茶は飲ませられないよ」

「カフェインが入ってないの？　そんな紅茶もあるのね」

「イラストの仕事で夜遅くなったときには、これを飲んでるんだ」

午前四時過ぎ。朝食にはまだ早い時間だった。この時間に帰ってきた妻は、もう寝たらという夫に食べ損ねたモンブランを食べるまでは寝ないと宣言したのだった。

「それでさっきの話だけど、後藤さんは本当に一回しか殴ってないの？」

「それがねえ、よくわからないのよ。彼は一回しか殴ってないつもりだったらしいけど、追及してみるとそうでなかったかもしれないとか言い出してね。つまり当時は頭に血が上っちゃって、何をやってたかよく覚えてないみたいなの」

「そうかあ……犯人の記憶が曖昧となると、飛田さんが死んだときの様子がわからないね。となると残る証言者はもうひとりの警備員か」

「塚本大祐ね」

「そのひと、襲撃の様子をどれくらい覚えてるの？」

「塚本の話だと、飛田とふたりでスーパーの売り上げ金を現金輸送車に積み込んでドアを閉めようとした寸前に、背後から襲われたんだって。塚本は襲われたとき、一瞬振り向いて犯人を見たんだけど、そのまま気を失ってしまったそうよ。ただ失神する寸前に犯人の声を聞いたって言ってた」

「なんて言ってたの？」

「『そうだ、おとなしくしてろ！』って」

「そうだ、か……」

新太郎はその言葉を繰り返し、それから黙ってしまった。何か考えているようだ。景子は夫が考えをまとめるまで、紅茶を飲んで待つことにした。

「……その言葉、どっちに言ったんだろう？」

新太郎が、不意に呟いた。

「塚本さんにか、それとも飛田さんにか……」

「どういうこと？」

「どちらに言ったかによって、事情がずいぶんと変わってくるんだよ。確認できないかな？」

「じゃあ、誰かに病院に行かせて訊いてもらってくるわ。他に何か思いついたことはない？」

「あるよ。どうやって後藤さんはこんなに首尾よく現金輸送車を襲って金を強奪することができたのか、すごく気になるね。午後一時という真っ昼間に犯行に及んで、しかも成功させられるなんて、うまくいきすぎてるよ」

「そのことならわたしたちも疑問に思ってるの。あの時間に現金の輸送が行われること。しかもその時間帯に業務車専用駐車場に他の人間の出入りがないこと。ふたつの条件を知っていなければ、犯行は実行できなかったはずだもの」

「後藤さんはスーパー金城と関係があったの？　以前に勤めてたとか」

「そういう事実はなかったわ。近所に住んでたわけでもないし、あのスーパーと後藤の関連はどうしても見つからないの。現金輸送を担当している警備会社とも関係はないわ」

「後藤さんは何て言ってるの？」

「そのことについてはまだ黙秘をしてるの。わたしの勘だけど、後藤は自分で現金輸送の手順とか時刻とかを調べて計画するようなタイプの人間には見えないのよね」

「となると、可能性はひとつだね」

新太郎の言葉に、景子は頷く。

「ええ、誰かから現金輸送に関する情報を手に入れたってことね」

「スーパーの関係者か、あるいは警備会社の人間が怪しいな」

「それも調べさせるわ」

景子はスマホを取り出す。

「あ、みんな今はまだ寝てるんじゃない？」

「……そうかも。わたしも少し寝てから出かけるわ」

「お風呂も入れてあるから」

「ありがとう」

景子は微笑んで、

「新太郎君も寝てちょうだい。起こしちゃってごめんね」

「僕もイラストの仕事をしてたから、気にしなくていいよ。でも、さすがにちょっと眠いかな」

そう言って新太郎は大きく伸びをした。

「あ、そうだ。塚本さんに話を聞くなら、もうひとつ尋ねてほしいことがあるんだけど」

「どんなこと？」

「飛田さんはどんな性格かってこと。具体的には今回みたいな襲撃があったとき、歯向かっていくほうなのか、それともおとなしく相手に従うタイプなのか」

「それって重要なこと？」

「かも、しれないね」

新太郎は意味ありげに言った。

5

頭に包帯を巻き、ネットで覆うという姿ではあったが、塚本は比較的元気なようだった。

「飛田さんですか……じつはあんまり親しくなかったんですよねえ」

年齢は二十四歳。痩せて色黒の顔に無精髭《ぶしょうひげ》が伸びている。

「飛田さんと一緒に仕事をされて、どれくらいですか」

瞳が尋ねると、彼は少し首を傾げて、

「えっと……半年、くらいかなあ」

「そこそこ付き合いがあるんですね。それでも親しくなかったんですか」

「しかたないですよ。あのひと、俺のことちょっと馬鹿にしてたし」

塚本の表情がかすかに歪んだのは、頭の痛みのせいではないようだった。

「飛田さんって、いいとこの大学出てるんですよ。なんとかって国立の。で、俺みたいに学のない人間のことは頭から馬鹿にしてて、あんまり話をしてくれなかったです」

「性格が悪かったってことですか」

同伴していた田島《たじま》という昭和署の刑事が尋ねた。あまりに直截的な問いかけに、瞳は少しうろたえた。しかし塚本は口の端に笑みを浮かべて、

「悪かったですね。会社でも評判になるくらいに」

「評判、悪かったんですか」

「あんまりあのひとのこと、褒める人間はいないだろうなあ。死んじゃったひとのことをそういうふうに言うのってよくないかもしれないけど。でもね、学歴を鼻にかけて威張ってたのは間違いないんです。上司とかにもあからさまに楯突いたりしてたし。そんなに学歴を鼻にかけたいのなら、どうしてそれが活かせる仕事をしないのかって話ですよね。警備員の仕事に必要なのは学歴より実地の対応力ですよ。それが駄目なのに威張ったって誰も納得しないって」

塚本の言葉から遠慮が消えていた。どうやらかねてから腹にすえかねていたようだ。瞳は尋ねた。

「駄目というのは、どういうところが駄目だったんですか」

「俺たちみたいな仕事ってね、いざとなったら体を張らなきゃならないこともあるんです。もちろん安全第一だから、命を賭けろなんてことじゃないんだけど、それなりに度胸も据えとかないといけない。だけど飛田さんは、その点がまるでなってなかった。前に一度、乗ってた車がパンクしたことがあったんです。パンって結構大きな音がしてね。そしたら飛田さん、悲鳴をあげて助手席にしがみついてね。俺はすぐにパンクだってわかったから車を停めたけど、そしたら青い顔して『襲撃だ！　襲われる！』って泣きそうな顔して震えてるんですよ。なんかもう、呆れちゃってね。どれだけ肝っ玉が小さいんだよって」

親しくなかったと言うわりに結構よく知っているんだな、と瞳は思った。もちろん口に出しては言わないが。

「じゃあ、今回みたいな事態に遭遇したら、襲撃者に立ち向かっていくようなことは？」

「ないない。ないですよ。逃げ出さなかったのが不思議なくらいで。あ、逃げる前に殴られちゃったのかな。なにせいきなりでしたからね」

「そうですか。ところで犯人は『そうだ、おとなしくしてろ！』と言ったそうですね？」

「ええ、そんなこと言ってました」

「それは誰に向かって言ったんでしょうか。あなたに？　それとも飛田さんに？」

「それは……どうかなあ……」

塚本は首を捻《ひね》った。

「よくわからないけど……ああ、多分、俺じゃないです。ちょっと離れたところで言ってた気がするから」

「つまり、飛田さんに向かって言ったわけですね？」

「そういうこと、かな」

病院を出ると田島刑事が瞳に話しかけた。

「死んだ人間のことをあれこれ言うのは何だけど、飛田ってのはいけ好かない奴だったんだな。うちの署にもいるんだよ、ああいう手合いが。今の署長なんだけどね」

ひとしきり上司への愚痴を洩らしつづける田島をよそに、瞳は無言で考えていた。

そういうことなのだろうか。

昭和署に戻ると、すぐに京堂警部補に進言した。

「後藤清孝と飛田征四郎の関係について、調べる必要があります」

「え？　どういうこと？」

生田がきょとんとした顔になる。

「ふたりが知り合いだと言うんか」

間宮も不審顔で訊き返した。

「その可能性があります」

瞳は言った。

「後藤の『そうだ、おとなしくしてろ！』という言葉は、飛田に向かって言ったものです。つまりそのとき、飛田は抵抗することなくおとなしくしていた。塚本から聞いた話からすると、飛田は気が小さく、強盗犯に自ら立ち向かっていくタイプではないようです。後藤に一発殴られて、無抵抗の状態になっていたと考えるのが妥当です」

「なのに飛田は死ぬほど殴られた」

京堂警部補が言った。

「つまり後藤は殺意をもって飛田を殴った、ということだな」

「そうなのではないでしょうか。一回しか殴っていないと言ったのも、自分の意図を隠すための嘘だと考えられます。だからこそ、飛田と後藤の関係をもっと捜査するべきです。必ず何らかの因縁があるはずです」

瞳は確信を持っていた。これは単なる現金強奪事件ではない。その裏に明確な殺意が隠されているはずだ。

「わかった。徹底的に調べよう」

京堂警部補にそう言われ、瞳は自分の頬が紅潮するのを感じた。このひとに認めてもらえる。それが何より嬉しかった。

6

「でも、何にも見つからなかったのよねえ」

景子はそう言いながら丸い揚げ物を口に運んだ。

「あ、美味しい。これ何？」

「鱈《たら》の擂《す》り身に刻んだ野菜を練り込んで揚げたんだよ。ソースはトマトとチーズを合わせて作ってみました。で、結局飛田さんと後藤さんの関係というのは見つからなかったわけ？」

「全然。生まれたところも学歴も職歴もまるで違ってるの。住んできたところにも接点はなし」

「ネットは？　リアルでは繋がりがなくても今日日《きょうび》ＳＮＳとかで知り合いになってることもあるでしょ？」

「それも調べた。飛田はインスタグラムをやってたけど、後藤のほうはネット関係はまったくの無知で手を付けたこともないって。家にはパソコンもなかったし、後藤の携帯電話を調べてもたしかにSNSとは無縁だったわ。あーあ、築山の考え、悪くないと思ったんだけどなあ。でも、ふたりの間に何の関係もなかったとしたら、どうして後藤は死ぬほど飛田を殴ったのかしらね？」

「そうだなあ……」

新太郎はアボカドのサラダを食べながら考え込む。と、不意に立ち上がり、CDプレーヤーを操作した。やがて音楽が流れてくる。

「……あ、これ、聴いたことある」

景子が言った。

「何だっけ？　映画音楽？」

「『華麗なる賭け』って映画のテーマ曲だよ。この映画、観たことある？」

「観てない」

「僕は菅沼さんのエッセイに出てきたから観てみたんだ。主人公のスティーブ・マックイーンが金持ちの超エリートなんだけど、趣味というか一番情熱を傾けてるのが犯罪なんだよね。仲間を集めて銀行強盗なんかしちゃうんだ。それを警察の捜査に協力する保険調査員のフェイ・ダナウェイが捜査して彼を追いつめながら、いつしかふたりは愛し合ってしまうって話」

「なんかそれ、面白そう。わたしも観てみたい」

「じゃあ、今度またレンタルするよ。ではね、このスティーブ・マックイーンは犯罪の計画は立てるけど、自分では実行しない。陰で操るだけなんだ。目的も金じゃない。ただスリルを味わいたいだけなんだよ」

「自分の頭の良さを誇示したいのね。現実にはあまり存在しないタイプの犯罪者だけど……もしかして新太郎君、この事件もそういう黒幕がいると？」

「後藤さんに現金輸送車の情報を教えた人間がいることは間違いない。電話とか証拠の残らない形でね。そのひとが今度の事件のスティーブ・マックイーンなのかもしれないよ」

新太郎は鱈ボールを食べ、ハイボールで喉を潤してから、

「後藤さんが捕まったとき、彼は家に帰る途中だったんだよね。しかも現金はそのまま残ってた。現金輸送車の情報を教えた人間と山分けするつもりはなかったように思えるんだ」

「後藤が独り占めしようとした？」

「あるいは、その人物が最初から山分けを要求しなかった、か」

「奇特《きとく》って言ったら変だけど、おかしな奴ね。金が欲しくなかったのかしら？」

「あるいは、金以外のものが目的だったのか」

夫の言葉に、景子はしばらく考えて、

「飛田の殺害？」

「もしかしたらね。景子さん、今度は飛田さんの周辺を調べてみてよ。彼を殺したいほど憎んでいるような人間がいないかどうか」

「わかった。調べてみる」

「それと、その周辺人物と後藤さんの関係もね。直接ではないけど、そのひとを介して後藤さんと飛田さんは繋《つな》がってくると思うんだ」

7

「いやあ驚きましたよ。人ってこんなに誰かから恨まれることができるものなんですね」

生田が呆れたように言った。

「同僚からも上司からも近所の住人からも、飛田に対してはブーイングの嵐ですよ。会社では傲慢《ごうまん》な態度で嫌われてるし、住んでる地域ではゴミ出しとかでトラブル起こしてるし、近くの喫茶店では客だからって威張りまくって、挙げ句の果てに出禁《できん》食らってますし」

「飛田の過去も相当なもんだぞ」

間宮が話を継いだ。

「大学を出てすぐ高校の教師になっとる。だけど生徒に手を出そうとしてセクハラで訴えられて辞めさせられたみたいだわ。次に保険会社に勤めたが、そこも同僚との折り合いが悪くて辞めさせられとる。その後もいろんな会社に就職して、そのたびに周囲とトラブルを起こして辞めさせられとるみたいだ。根っからのトラブルメーカーだわな」

「いつ殺されてもおかしくない人間ですよね」

「そのとおり。だが」

と、間宮は生田の言葉に頷きながらも、

「それはそれで困ったもんだな。これでは犯人の特定ができん」

「しかし事件の経緯から考えて、警備会社関係者に絞るのが適切かと考えます」

瞳は言った。自分が唱えた後藤による飛田の謀殺説が否定され意気消沈していたが、京堂警部補からもたらされた新たな視点に興奮していた。直接殺意を持っていなかったとしても、操られている可能性はあるのだ。

「わたしが調べたところ、飛田が勤めていた山根《やまね》警備の社内で彼の評判はすでに最低でした。学歴を鼻にかけてわがままを言い放題。上司も同僚もあからさまに馬鹿にし、女性にはセクハラまがいのことを平気でしていたようです。わたしなら容赦なく——あ、すみません」

うっかり私情をはさみかけて、自制した。

「その中でも特に飛田を憎んでいる人物として、三名の名前が挙げられます。ひとりは直接の上司である田村陽一《たむらよういち》。彼は高卒であることを事あるごとに飛田に当て擦られ、部下たちの前で恥をかかされたこともあるようです。自分の上司に『飛田を辞めさせるか配置替えしてくれないなら自分が辞める』とまで言っています。次に女性警備員の坂上愛実《さかがみまなみ》、以前の姓は篠崎《しのざき》愛実。彼女は派遣されていたスーパー金城で落とし物の財布を着服しようとして飛田に見つかり、黙認する代償として性的関係を強要されました。結果的に彼女はそれを拒絶し、自らの罪を申し出て会社を辞め、さらに離婚もしています。もうひとりは同僚の上山光治《うえやまみつはる》。前に飛田と組んで仕事をしていたんですが、始終飛田から面罵《めんば》され精神的に病んでしまい、今は休職中です」

「聞きしに勝る戦歴だわな。わざわざ敵を作るために生きとったような人生だわ」

間宮が感想を洩らす。

「三人ともスーパー金城で現金輸送車を襲う最適の時間帯を知ることができました。後藤に情報を教えた可能性はあります」

「その三人を徹底的に洗うよう、今日の捜査会議で発案する」

京堂警部補は言った。

「ここで捜査陣の全力を集中して――」

言い終わる前に彼らのいた部屋に田島刑事が飛び込んできた。

「後藤が自供を翻《ひるがえ》しました」

彼は言った。

「『自分は一回しか殴っていない。殺すほど殴っていない』と言ってます」

8

「殺してない、か……」

その言葉を繰り返しながら、新太郎はサンドイッチをテーブルに置いた。昼食用にと作り始めていたものを、急に帰ってきた妻のために急遽《きゅうきょ》ふたり分に増やしたものだ。

『事件のときのことを思い出した。自分は一回しか殴ってない。そのあとで「おとなしくしてろ」と言ったんだ』なんて言い出してね。罪を免れたくて言ってるのかもしれないけど」

「でも、それがもし本当なら、飛田さんを殴り殺した人間は別にいることになるね」

新太郎の指摘に、景子は虚を衝《つ》かれたように、

「あ……そうか。そういうことになるわね。でも、どういうこと？　後藤が飛田を殴った後に、誰かがやってきて更に彼を殴ったと？」

「そういうことかな」

「うーん……」

唸りながら景子はサンドを手に取り、口に運ぶ。一瞬で眼が丸くなった。

「……何これ？　美味しい。魚？」

「サバサンド。トルコの名物料理をアレンジしてみたんだ。コンビニで売ってるサバの塩焼きにモッツァレラチーズとトマトとレタスを挟んだだけなんだけどね。ところで、飛田さんを殺した凶器は見つかったの？」

「ううん、後藤の周辺からは見つからなかったわ。どこかに捨てたのかもしれないけど……」

と言いながら時間を確認する。

「いけない。早く戻らないと」

「またすぐ出かけるの？」

「うん、着替えを取りに来ただけだから。お昼まで作ってもらって恐縮至極」

「今日も遅くなるんだね」

「大詰めだから。三人に絞って徹底的に捜査するつもり」

「そうか……景子さんが仕事から解放されるには容疑者は少ないほうがいいかもしれないね。だけど……」

「だけど？」

「言いにくいことだけど、容疑者は三人だけじゃないと思う。情報って漏れるものだから」

「え？　他に誰がいるの？」

「念のためだけど、彼らの周辺も調べておいたほうがいいと思うよ」

新太郎は思わせぶりに言った。

「案外、そういうところに真実はあったりする」

9

瞳は不満だった。

自分の捜査で容疑者を三人に絞ったのだ。当然彼らへの追及も自分が任されると思っていた。

なのに京堂警部補は、まったく違う人間のところへ彼女を向かわせた。

瞳は京堂警部補を尊敬している。刑事として、そして同性として、理想だと思っている。でも、今回の指示は納得できなかった。どう考えても見当違いの方向に自分を追いやったとしか思えない。もしかして京堂さんは、わたしのことが嫌いなのだろうか。そんなことまで思ってしまう。

溜息を押し殺しながら、車を降りた。同伴は今日も田島刑事だった。

「俺、じつは守山区《もりやま》に来たのって初めてなんですよね。同じ名古屋でもなんか縁がなくて」

関係のない彼のお喋りを聞き流しながら瞳は、とある一軒家のインターフォンのボタンを押した。

――はい。

男の声が聞こえてきた。

「すみません、愛知県警の築山と言います。ちょっとお聞きしたいことがありまして。よろしいでしょうか」

――……ちょっと待ってください。

がちゃがちゃっ、と耳障りな音がした。インターフォンの受話器が戻される音だ。その乱暴さが瞳の神経に障った。

と同時に、不審を抱いた。

「田島さん、ここをお願いします」

そう言うと走り出した。

予想どおり、裏には勝手口があった。瞳が辿り着いたとき、ちょうど扉が開いて男がひとり飛び出してきたところだった。

男は瞳の姿を見て一瞬立ち止まったが、すぐに走り出そうとした。

「待てっ！」

瞳は追いすがろうとする。その瞬間、大きく風を切る音がした。男が振り返りざま、何かを振ったのだ。

彼女はぎりぎりでそれをかわした。見ると男は長いものを手にしている。鉄パイプ。瞳は思わずたじろいだ。

男はそれを構えたまま、後退《あとじさ》った。逃げられてはいけない。しかしこのままでは……瞳は躊躇《ちゆうちよ》した。そのとき、

「うおっ!?」

男が仰《の》け反《ぞ》った。大きな何かが体当たりしてきたのだ。

男の体が宙に弧を描いた。そして地面に叩き伏せられる。

「がっ！」

言葉にならない声を洩らし、男は動かなくなった。

瞳は我に返った。

「田島さん……」

「間に合ってよかったです」

田島刑事はおおらかに笑った。そして男が握っていた鉄パイプを拾い上げようとする。

「待って！」

瞳は叫んだ。そして地面に落ちている鉄パイプに顔を近付けた。

「……血痕が付いてます」

「え？」

「もしかしたらこれ、飛田さん殺しの凶器かもしれない」

そう言うと、地面に倒れたままの男に向かって尋ねた。

「篠崎さん、あなたが飛田征四郎さんを殺したんですか」

男は薄目を開け、瞳を見た。そして、か細い声で言った。

「……あいつが悪いんだ。あいつが女房に手を出そうとして……それでとうとう家庭まで壊されて……あいつが悪いんだ……！」

男――坂上愛実の前夫である篠崎隆興《たかおき》は涙をこぼした。

まるでパグが泣いているようだ、と瞳は思った。

七曲目——僕の歌は君の歌

あとがきというのはなんだか言い訳みたいで、書くのはやめておこうと思ったのですが、編集さんが「是非に」と仰《おっしゃ》るので、少しだけこの本の成り立ちを書いておくことにします。

読んでいただければおわかりのとおり、これまでいろいろな雑誌に乞われて書いた紅茶についてのあれこれをまとめたのが、この本です。ほとんどが蘊蓄《うんちく》みたいなものですが、できるだけ初心者の方にも馴染めるように書いたつもりです。

高校を卒業してすぐにこの世界に入り、右も左もわからないまま悪戦苦闘して、毎日を過ごしてきました。その間に少しは紅茶についての知識も得て、こうして偉そうに皆さんに向かって講釈を垂れるようになりました。

でも紅茶の世界は本当に奥が深く、まだまだわからないこと、辿り着けないことがいっぱいあります。わたしは今でも未熟者です。でもそんなわたしがこの本を上梓《じょうし》する理由があるとしたら、それはより多くの方々に紅茶の素晴らしさを知ってもらい、楽しんでもらいたいと思っているからです。

その意味で、わたしの半生を小説風にまとめた章は、ひとりの人間が紅茶と音楽に助けられながら生きてきた、その経緯を披露することで、人と紅茶の関わりの一例を示したつもりです。

この章は雑誌「彩《SAI》」に連載したもので、そのときのタイトルがこの本の名前となった「あなたにお茶と音楽を」です。最初はわたし自身のことなんて書き記しても誰も読まないだろうと思っていたのですが、意外にも好評を得たそうで、結果としてこの本を「彩《SAI》」と同じ経世《けいせい》社から上梓できることになりました。これも雑誌連載時からイラストを担当してくださった新太郎《しんたろう》さんのお力添えがあればこそです。わたしの姪がずっとファンだったという御縁でお仕事をお願いした新太郎さんには他の章のイラストにまで携わっていただき、わたしの拙《つたな》い文章を補っていただきました。本当に感謝しております。

あとひとつだけ、申し上げておきたいことがあります。「あなたにお茶と音楽を」というタイトルはわたしが最初に考えたものではありません。これは昔、わたしがよく聴いていたラジオ番組のタイトルを拝借したものなのです。たしか一九七〇年代か八〇年代だったと思います。午後に放送されていたこの番組は、いつも心地よい音楽を聴かせてくれていました。わたしはこの番組を聴きながら、そのときに気に入っている紅茶を飲むのを日課にしていました。番組のテーマ曲は「僕の歌は君の歌」でした。エルトン・ジョンの原曲ではなく、ディック・ハイマンというひとのピアノ演奏だったと記憶しています。この曲が本当に好きで、今でもまた聴きたいと思っているのですが、CDなどにはなっていないようです。

やはりあとがきというのは難しいですね。つい由無《よしな》し言を書き連ねてしまいました。これくらいにしておきます。

最後に、この本を手に取ってくださったすべてのかたに感謝を。少しでも楽しんでいただければ幸いです。

ジンジャーティーを飲みながら、

菅沼絵美子《すがぬまえみこ》

1

築山瞳《つきやまひとみ》は道に迷いかけていた。正確にはすでに迷っているのかもしれないが、自分ではそれを認めたくなかった。スマホの地図アプリの指示どおりに歩いているのだから、迷うはずはない。そう信じながら名古屋栄《さかえ》の大津通《おおつどおり》を足早に歩いていた。

名古屋の中心街である栄のさらにど真ん中、歳末商戦の真っ只中であるせいか、歩いている人々も心なしか忙《せわ》しなく見える。瞳もその雰囲気に乗せられて、ホテルを出た後でついデパートでのウインドーショッピングに時間を費やしてしまい、今になって急いでいたのだった。

ずっとこの休日を楽しみにしていた。どうかこの日に面倒な事件など起きずにいてほしいと数日前から祈っていた。その甲斐あってか、無事に休みを取ることができたのだ。今日のメインイベントに遅れてしまっては、元も子もない。

なにしろ今日は、新太郎さんに会うのだから。

そのことを思うだけで、寒さに強張った頬も緩んでくる。

瞳は立ち止まってはスマホを確認し、自分の位置を確かめた。

目の前にアップルストアのビルがあるのに気付いた。

「あ、ここか」

思わず声が出た。やっと自分のいる場所がわかったのだ。どうやら逆方向に歩いていたらしい。慌てて引き返す。

間に合うだろうか。更に足を早めた。首に巻いたマフラーを熱く感じるほどに焦っていた。

そして、唐突にその建物に行き合った。茶色い外壁の五階建てのビル。

虎《とら》の子《こ》書房名古屋店。全国に展開する大手書店のひとつだ。

入り口のウインドーにポスターが貼られている。

【『あなたにお茶と音楽を』(経世社)刊行記念　著者・菅沼絵美子氏サイン本販売及びイラストレーター新太郎氏サイン会】

書影がプリントされたポスターには、こんな但《ただ》し書きが添えられている。

【本日、著者の菅沼絵美子さんは都合でいらっしゃいませんが、あらかじめサインされた本を用意しております。それにイラストレーターの新太郎さんがサインをお入れします。レジカウンターにて整理券をお渡ししますので、店員にお声掛けください。午後3時よりの開催となります】

午後三時……え？

スマホで時間を確認する。午後一時五十八分。

「……あちゃあ、時間、間違えた」

遅れるどころか、一時間早く着いてしまったのだ。

まあいいか。間に合わなくなるより、ずっといい。瞳は店に入った。

まず最初に眼に飛び込んできたのは、平台に積み上げられた真っ赤な本だった。たしか現在ベストセラーとなっている小説だ。読書好きで有名な女優がテレビで紹介したことが発端となって売れ行きを伸ばしていると聞いた。瞳も手に取ってみたが、帯の紹介文を読んで元に戻した。恋愛小説にはあまり惹かれない。

その隣に『あなたにお茶と音楽を』は積まれていた。

一番上に置かれた一冊を手に取る。明るい色調の表紙にティーカップとポット、レコード盤や音符などが柔らかい筆致で描かれている。その中央に佇むひとりの女性。穏やかな表情で眼を閉じ、左手でソーサーを右手でカップを持っている。

やっぱりいい絵だ、瞳は思う。

初めて新太郎というイラストレーターの絵と出会ったのは、四年ほど前だったと思う。毎月購入している雑誌に有名人の似顔絵を描いているのを眼にした。元となる人物の特徴をうまく捉えながら、オリジナリティもきちんと保っていた。なによりその柔らかい描線に瞳は惹かれた。以来、新太郎のイラストを見つけると切り抜いて収集するほどのファンになったのだ。

『あなたにお茶と音楽を』という本は、彼のイラストの魅力を余すことなく表現している。本当に、いい本だ。

「サイン会の整理券を予約していた築山ですけど」

レジでそう言い、代金と引き換えに整理券を受け取る。これで準備ができた。まだ時間があるから、書店の中を見て歩こうか。それとも向かいにあったコーヒーショップで時間を潰そうか。どちらにするか考えながらレジを離れた。そのとき、

「すみません」

不意に声をかけられた。振り向くと若い男性がこちらを見ている。眼と眼が合った。

瞬間、瞳の全身に電撃が走った。

年齢は瞳と同じか、もしかしたら若いかもしれない。身長は百七十センチ台後半だろうか。ほっそりとした顔立ちで顎のラインが整っている。きりりとした眉にアーモンドのような形の眼、鼻筋は通り、唇は若干厚めだが血色がよかった。長く伸ばした髪を後ろで束ねている。身に着けているのは黒いボーダーのタートルに同じく黒のトレンチコート。シンプルだが洒落《しゃれ》たコーデだった。

何これ？　このひと誰？　どうしてわたし、眼が離せないの？　瞳の脳は過負荷に耐えきれずシステムダウンしそうになった。

「あの、間違ってたらごめんなさい」

男性はそう言うと、ぐっと顔を近付ける。瞳は思わず身を退いた。本能的な動きだった。しかし彼はなおも近付き、彼女の耳許で囁《ささや》いた。

「もしかして、警察の方ですか」

はっ、とした。

「……どうして？」

「雰囲気です。眼の配りかたとか、物腰で」

男性は少し離れ、また彼女の眼を見つめた。

「非番のところ申し訳ないんですが、お願いがあるんです」

警戒心を最大限に発揮すべき状況、なのかもしれない。

「な……何でしょうか」

しかし瞳は、うろたえながらもそう尋ねていた。

「ちょっと、こちらに来ていただけますか」

そう言って彼は歩きだす。ついていくしかなかった。

男性は書棚を検分する客たちを縫うように歩いていく。急いでいるようでもあるが、瞳と離れない速度に抑えている。

彼が足を止めたのは、コミックスの売り場だった。華やかな彩りの表紙が並び、ポスターやサイン色紙が壁に飾られている。今は本にビニールが被せられているので立ち読みすることはできないが、その代わりに冒頭の何ページかを読めるようにした小冊子が宣伝用に用意されている。その小冊子を熱心に読んでいる客も何人かいた。

「これなんですけど」

男性が指差したのは、平台の一画だった。他のところと同様、本が積み上げられている。

「わかります?」

尋ねられ、瞳は困惑する。

「わかりますって……えっと……」

「ここは新書判のコミックスが並べられているコーナーですよね。でも、ここに置かれているのは」

「……あ、大きさが違います」

「いわゆるB6判ってやつです。しかも」

と、男性が本を手に取る。

「一冊じゃない」

たしかにB6判のコミックスが四冊あった。おまけに、それぞれ違う作品だ。

「これは書店員さんが置いたものではないと思います」

「誰かがよそのコーナーから持ってきた?」

「そうでしょうね」

男性は頷く。考えが一致したことには少し安堵したが、それでもまだ彼が何を言いたいのかわからなかった。

「で、これを見てください」

男性は手に取った四冊の背表紙を瞳に見せた。

「わかります？」

また訊かれた。いちいち質問なんかせずに答えを教えてくれればいいのにと思いつつ、瞳は
その背表紙を見つめる。

『タナカさんは血を吸いたい』

『すみっこのマリア』

『けっぱれ競歩部！』

『てのひらに核兵器』

作者も出版社も、特に共通点はなさそうだ。

何か関連があるのだろうか。最初の二冊には人名が入っている。でも後ろ二冊にはそれがない。あるいは最初の二冊には片仮名が入っているとか。駄目だ、四冊共通の特徴などわからない。

「降参です。教えてください」

瞳は言った。

「タイトルの最初の一文字を順番に読んでください」

言われるまま、読んでみる。

「タ、す、け、て……助けて？」

「ですよね。これは僕の解釈ですけど、この本を積んだひとは助けを求めているんじゃないでしょうか」

男性は真面目な表情で、そう言った。瞳は反射的に言葉を返す。

「でもそんな。こんなまどろっこしい方法をわざわざ使ったりします？」

「そういう方法でしか伝えられなかったんじゃないでしょうか。言ってみればこれは、ダイイングメッセージみたいなものです」

「ダイイングメッセージって、じゃあ誰かが死んでる？」

「いえいえ。ここに死体が転がっていない以上、メッセージを残したひとは生きているはずですよ。ただダイイングメッセージと同じで、特定の誰かには気付かれないよう、そしてそれ以外の人間には気付いてもらえるように、ぎりぎりのところで考えたものだと思います。ということで、行きましょう」

「え？　どこへ？」

「メッセージを残したひとを見つけるんです」

そう言って男性はまた歩きだした。彼の唐突な言動に振り回されながらも、瞳はついていくことにした。彼の言葉に何かしらの真実味を感じたのだ。

コミックス売り場は広かった。何列も棚が並んでいる。その間を男性は進んでいく。誰かを捜しているようだった。

しかし、見るだけでメッセージを残した人間がわかるのだろうか。瞳は疑問に思う。でもこのひと、わたしが警察の人間だって見抜いたし。もしかしたら、すごい眼力の持ち主なのかも。

そんなことを思いながら、彼の後をついていく。

「あ、いた」

男性がそう呟いて足早になる。まさか、本当に見つけたのか。瞳も足を速めた。

「あの」

その男性が声をかけたのは、虎の子書房のロゴが入ったエプロンを身に着けた女性だった。

書店員だ。

どうして？　瞳は不思議に思う。ついさっき、あの本は書店員が置いたものではないと言ったではないか。なのにメッセージを残したのは結局書店員だということなのか。

訝る瞳の前で、男性はその書店員に小声で話しかけた。何を言っているのか聞き取れない。

近付こうと思ったが、間に他の客が立っていて近寄れない。

はっとしたような表情で、その書店員が男性を見た。

「どうしてそれを――」

声を上げて言いかけて、周囲に気兼ねしたのかまた小声になった。後はひそひそ話になって結局会話の内容はわからない。

と、男性が頭を下げて書店員から離れた。そして瞳に近付き、

「こっちです。急ぎましょう」

そう言ってまた歩きだす。何が何だかわからず、瞳はただついていくしかなかった。

そこは少女漫画の売り場だった。当然のことながら客は女性がほとんどだ。

その中でふたり、男が立っていた。

ひとりは中学生くらいの制服姿の男子生徒で、書棚に向かい合った状態でいる。横顔しか見えないが、幼い顔立ちをしていた。

もうひとりは三十歳代くらいでがっしりした体つきをしていた。茶色のジャケットに紺のズボン姿で少女漫画の棚をぼんやりと見ている。

いや。瞳は気付いた。茶色いジャケットの男は書棚を見ているふりをしながら、男子中学生のほうに何度か視線を送っている。その眼の配りかたに既視感があった。彼女が仕事をしている現場でも、ときおりそういう視線を見かけるときがある。同僚刑事が被疑者を尾行しているときだ。

そういうことか。

「状況は摑めました?」

男性に小声で訊かれた。瞳も同じく小声で答える。

「あちらの年上の男のひとは、万引きGメンですね。向こうの中学生が本を万引きする瞬間を捕らえようとしている」

「正解です」

男性は言った。

「この店に入ってからずっと、あの中学生は挙動不審だったそうです。だから書店員から眼を付けられて、Gメンが見張っている」

先程書店員から聞いていたのは、その情報だったのか。瞳はやっと合点がいった。しかしまだ疑問は残る。

「でもまだ万引きはしてないんですよね？」

「そうでしょうね。本を手に取ったからといって、万引きとは断定できない。レジを通さないまま店を出ようとしたときに捕まえるつもりでしょう」

「わたしの出番は、まだ先では？　ていうか、わたしではなくて最寄りの交番の担当ですよ」

それでなくても、もうすぐサイン会が始まるのに。

しかし男性は言った。

「いえ、あなたが最適なんです」

「わたしがあの中学生を捕まえるんですか」

「いいえ、僕たちが相手をするのは、彼ではありません」

男性は自分の人差し指を立て、それを瞳の肩ごしに伸ばした。

「さりげなく振り向いてください」

言われるまま、そっと後ろを向いた。

コミックスの書棚から少し離れたカレンダー売り場、何人かの客が背中を向けて来年のカレンダーを物色している中、こちらを見ている者が三人、いた。

男ふたりはコミックス売り場にいる男子中学生と同じ制服を着ている。女もブレザーの制服を身に着けていた。三人ともこちらをじっと見つめている。

「彼らは？」

瞳が訊くと、男性は答えた。

「僕らのターゲットです。ちょっと話をしましょう。でも気付かれたくないので回り道をします。警察手帳は持ってますよね？」

「もちろん。携帯義務がありますから」

「すぐに出せるよう、準備しておいてください。では」

彼はコミックス売り場で膠着《こうちゃく》状態に陥っている中学生と万引きGメンの間を抜けて、その向こうへと歩きだした。瞳もその後をついていきながら、中学生と擦れ違うときに彼の様子を窺った。ひどく汗をかいている。たしかに店内は暖房が効いて暖かいが、こんなに額に汗を浮かべるほどではない。その表情もずいぶんと強張《こわば》っているように見えた。思わず声をかけたくなったが、ぎりぎりでこらえた。

男性と瞳は大回りをしてカレンダー売り場へと近付いていった。三人の中学生は彼らに気付いてはいないようだ。

「もしもし」

男性が声をかけた。男子がひとり振り向く。面長で育ちの良さそうな顔付きをしている。髪も整え、身嗜《みだしな》みも悪くない。ただ不意に呼びかけられたせいか、完全に油断した表情だった。

そして他のふたりもこちらを見た。もうひとりの男子生徒は小太りで、制服を少しラフに着崩していた。顔立ちはどこといって特徴がない。それを隠そうとするように赤と黒ツートーンの派手な眼鏡を掛けている。女子生徒のほうは髪が長く、清楚な印象を受ける。ただ髪の間から銀色のイヤリングが覗くのが見えた。学校を出てから着けたものだろうか。

そんな彼らに、男性は言った。

「あまり感心しないね。無理矢理あの子に万引きさせるなんて」

その瞬間の三人の表情の変化を、瞳ははっきりと見た。

「な……何の話だよ？」

面長の男子生徒が言い返してきた。が、突然のことにうろたえたのか、声が強張っている。

「君たちは彼に万引きを強要している。これは立派に脅迫罪に値します。そうですよね？」

男性は瞳に確認する。

「あ、ええ」

「もしも彼が実際に万引きをしてしまったら、さらに強要罪ということになる。これも間違いありませんよね？」

「そうですね。そうなると思います」

「あんたら、何なんだよ？」

小太りの生徒が気負いを露《あらわ》にして突っかかってきた。相手が若い男女なので嘗めてかかっているのかもしれない。

男性が目配せをしたので、瞳は警察手帳を取り出し、三人にだけ見えるように示した。

「愛知県警捜査一課の築山と言います」

三人が息を呑むのがわかった。

「もう警察が動いてるんだよ」

男性が念を押すように言った。

「やだ……」

それまで黙っていた女子生徒が声を洩らす。

「どうしてこんなことになるの？　あんたたちが調子に乗るから――」

「うるせえ」

小太りが女子の抗議を制する。しかしその声音には力がなかった。顔色もすっかり白くなっている。

続けて男性が言った。

「三人とも生徒手帳を出して」

「な……なんで？」

「いいから。拒否するとこのまま警察に連行するよ」

男性の口調は穏やかだったが、有無を言わせない力があった。渋々ながら三人は手帳を取り出す。瞳はそれを改めた。面長の生徒が柏崎龍太《かしわざきりゆうた》、小太りが池澤智洋《いけざわともひろ》、女子が塩野美帆《しおのみほ》。共に同じ中学の二年生で同じクラスだった。

「君たちの身許は把握した。今後もし、あの子に何かしたら、即座にこちらも行動に出る。いいね？」

手帳を返しながら、男性は言った。三人の中学生は小さく頷いた。

「では、もう帰りなさい」

彼の言葉に尻を叩かれたように、彼らはそそくさとその場から逃げ去った。

「あれだけお灸《きゅう》を据えておけば悪さはしなくなる、でしょうかね？」

同意を求めるように、男性は瞳に尋ねた。

「大丈夫、だと思いますけど」

さすがに瞳にも事情が摑めてきた。

「でもどうして万引きさせようなんてしたのかしら？」

「多分彼らも万引きの経験者なんでしょう。そしてあの子を同じ道に引きずり込もうとした。そうそう、彼も解放してあげないと」

男性はコミックス売り場に戻る。中学生と万引きGメンの状況は変わっていなかった。中学生は本に手を伸ばそうとしながら、動けないでいた。その耳許に、男性は囁きかけた。

「もう大丈夫だよ。万引きなんかしなくていい」

びくり、と中学生の体が震えた。眼を見開いてこちらを向く。額に汗を浮かべ、顔は蒼白になっていた。

「……どうして……」

乾いた唇が動く。男性は柔らかい笑みを浮かべて、

「僕たちが話をつけた。君に万引きさせようとしてた連中はもう、手出しをしないよ」

「……どうして……」

同じことしか言わない。極度の緊張で思考が滞っているようだった。

「説明するよ。ちょっと時間をくれないか。あ、その前に」

男性は中学生から離れ、彼らの近くにいた万引きGメンに近付くと、彼に小声で話しかけた。Gメンは驚いたように男性を見つめ返す。さらに男性が話し、それからやっとGメンがその場から離れていった。

「これでよし、と。君、喉、渇かない？」

「え？」

「ちょっと何か飲みながら話をしよう。大丈夫。もう誰も君に危害を加えたり脅迫したりしないよ」

2

その男子中学生の名前は川窪大樹《かわくぼだいき》と言った。今日はあの三人に誘われて栄にやってきたと言う。

「最初から万引きしろって言われてたの？」

コーヒーショップの席で向かい合った瞳が問いかけると、大樹はオレンジジュースを一口啜《すす》って、頷いた。

「俺たちもやったから、おまえもやれって」

「いつも苛められてたの？」

「……苛められてなんか……ただ、一緒に遊んでただけ」

力ない反論だった。瞳は、はっとした。この年頃の子供にとって、遊びと苛めは明確な線引きがしにくいものなのかもしれない。たとえそれが、被害を受けている側であっても。

でも、彼は万引きをさせられることが辛くて、あんなメッセージを残したのだ。助けを求めていたのだ。

「あの子たちは君に犯罪を強要したことになるんだよ。そんなの、遊びじゃない」

大樹の気持ちを量りかね、瞳は思っていることを口にした。大樹は力なく俯《うつむ》く。

「あ、誤解しないで。君を責めたんじゃないから。でも、犯罪に引きずり込もうとする人間は絶対によくないよ。たとえ友達でも」

言葉を選ぶべきだ。瞳は考えながら、

「あのね……君、ずっとGメンに見張られてたの知ってる？」

「じーめん？」

「警備員のこと。万引きしそうな人間がいたら見張って、万引きの瞬間に捕らえるの。もしも万引きしてたら、すぐに捕まってたよ」

そう言われ、大樹の顔色が更に悪くなった。

「そんなことになったら御両親が悲しむし、君の将来にも傷がつ——」

「そういうことも大事ですけど」

男性が瞳の言葉を遮る。そして大樹に言った。

「自分の意思以外の何かに流されて望んでいないことをするのは、楽しいことじゃないよね」

「…………」

「そういうことを重ねていくと、誰かの都合で生きてしまうようになる。自分の人生を生きることができなくなる。大樹君、ひとつ提案があるんだけど」

「……何?」

「明日、学校に行ったら、もうさっきの三人は君に近寄ってこなくなるかもしれない。君は友達を三人なくしてしまったかもしれない。でも、もしそうだったとしても、それは必要なことだったんだと思ってほしいんだ。自分にとって大事な誰かと仲良くなることも大切だけど、自分にとって毒になるような誰かと離れることも大切なんだ。自分自身を生きるためにね」

「自分自身を……生きる……どういうこと？」

「難しいかな？　じゃあ、こう考えてよ。何かを選ばなきゃならなくなったときには、自分が楽しいと思えるほうを選ぶ」

「楽しい……楽なほうってこと？」

「違うよ。『楽しい』と『楽』は全然違う。たとえば……君は部活は何をしてる？」

「サッカー」

「サッカーは楽しい？」

「うん」

「じゃあ、サッカーするのは楽？」

「……ううん」

「そういうことだよ。楽しいことって楽じゃないんだ。逆に苦しいことのほうが多いくらい。でも、楽しいことをしたほうが、絶対にいい。そう思わない？」

「……よくわからないけど……そうかも」

曖昧な口調だが、大樹はそう言った。

「それでいいんだよ」

男性は頷く。

「で、もしもあの三人が今までどおりに君と仲良くしてくるなら、それもいい。でも、もしもまた君に万引きさせようとしたら……簗山さん、名刺って持ってます？」

「え？　あ、はいはい」

瞳はバッグから名刺入れを取りだし、一枚抜き取った。男性はそれを受け取ると、そのまま大樹に渡した。

「これを彼らに見せればいい」

大樹は名刺を受け取り、じっと見つめた。

「……すごい。名刺もらったの初めてだ」

「だ、そうです」

男性は瞳に微笑みかけた。

「あ……そう、そうですか」

瞳はなぜかうろたえてしまった。

「さて、僕たちもこの後で用事があるから、そろそろ解散しようか。川窪君、元気でね」

「……はい」

応じる声は小さかった。が、コーヒーショップを出て別れるとき、

「あの……ありがとうございました」

大樹ははっきりとそう言って、頭を下げた。

「……これでうまくいったんでしょうか」

歩き去っていく彼の後ろ姿を見ながら、瞳は言った。

「わかりません」

男性は、あっさりと言った。

「ここから先は、彼自身に任せるしかないですから」

「でも……」

「築山さんだって、そうしてきたでしょ？」

「え？」

「大事なときには、自分で判断してきた。だから今、刑事さんになっている。違いますか」

「……そうですね、そのとおりです」

たしかに自分で決めてきた。大樹もそうしなければならないのだろう。他人にできることは、じつは少ない。

瞳がそう考えている間に、男性はさっさと向かい側の虎の子書房に入っていってしまった。慌ててついていく。

「あ、先生！　どこにいらしてたんですか」

店に入った途端、大きな声がした。見ると年輩の書店員が、あの男性を捕まえている。

「さ、早く早く！」

「あ、はいはい。すみませんでした」

男性は促《うなが》されるまま、店の奥に向かう。その先にあるのは……。

「……まさか」

瞳は後をついていった。

書店員が男性を連れていったのは、思ったとおり店の一画に作られたサイン会場だった。大きな看板が掛けられている。

【『あなたにお茶と音楽を』（経世社）刊行記念　著者・菅沼絵美子氏サイン本販売及びイラストレーター新太郎氏サイン会】

男性はテーブルの後ろに置かれた椅子に腰を下ろした。テーブルには白い名札が置かれていて、こう書かれている。

【新太郎先生】

「……え？　ええっ？」

思わず素《す》っ頓狂《とんきょう》な声をあげて、机に取りついた。

「あ……あなたが新太郎先生だったんですか」

「自己紹介が遅れてしまって、申しわけありません」

男性——新太郎が笑みを浮かべる。

「あの……サインは順番にお願いします」

書店員が瞳に言った。見ると本を手にした客——ほとんどが女性——が数十人、その場に並んでいる。

「……すみません」

瞳はすごすごと列の最後に回った。

「それでは、菅沼絵美子先生著、新太郎先生装画の新刊『あなたにお茶と音楽を』刊行記念、新太郎先生サイン会を行わせていただきます」

書店員が声を張り上げた。

「まず最初に、著者である菅沼絵美子先生からメッセージが届いておりますので、ご紹介いたします。『皆様、本日はご足労いただきましてありがとうございます。また、拙著をお求めくださり、本当に感謝しております。本来ならこの場に出向きましてお礼を申し上げなければならないところですが、生まれ付き無調法な人間ですので、今回は失礼させていただきます。その代わり、と申し上げるのはあまりに不躾《ぶしつけ》ですが、イラストをお願いした新太郎先生がサイン会への参加を引き受けてくださいました。先生には心からお礼を申し上げます。また、このような場を提供してくださいました虎の子書房の皆様にもお礼申し上げます。ありがとうございます。皆様の御健勝を祈念いたします。それでは、ご無礼いたします』……とのことです。では、新太郎先生のサイン会を始めさせていただきます。皆様、順番にお並びください」

サイン会が始まった。瞳は列の後ろのほうだった。店に着いたのは一時間近く前だったのに、あのハプニングで並び損ねてしまったのだ。しかしそのことを後悔してはいない。新太郎さんと一緒にいられたのだから。

順番を待っているうちに、言うべき言葉を頭の中でまとめた。

そしてやっと、瞳の番になった。再び新太郎と相対する。

「先程はどうも」

新太郎がさわやかな笑顔で言った。

「どうも……」

しかし瞳は表情を作ることができなかった。緊張していたのだ。

見るとテーブルには有名洋菓子店の包みや花束がいくつも置かれている。しまった、わたしも何かプレゼントを買っておけばよかった。瞳は自分の手抜かりを悔やんだ。でも、もうしかたない。本を差し出した。新太郎はサインペンで名前を記すと、その脇にティーカップを書き添えた。カバーに描かれているのと同じ構図だった。鮮やかな筆致だった。

「ありがとうございます」

新太郎のほうから礼を言った。本を受け取り、瞳は言った。

「あの、サイン会が終わった後、お時間いただけませんか」

「どれくらいの時間でしょうか」

新太郎が聞き返してくる。

「あまり遅いと家族が心配するので」

「あ……えっと、一時間半、いえ、一時間くらいでいいです」

そう言ってから、瞳は付け加えた。

「会ってほしいひとがいるんです」

3

栄にある名古屋東急ホテルのラウンジに瞳と新太郎が到着したのは、午後四時半を過ぎた頃だった。

「このホテルに来たの、初めてですよ。いいなあ、ここ」

新太郎は楽しそうだった。

席に着くと、瞳は落ち着かない気持ちで周囲を見回す。ここに向かいながらスマホで連絡を入れたので、こちらに向かっているはずだった。手間がかかるとはいえ、それほど時間がかかることはないと思うのだが。

「そわそわしてますね」

新太郎に言われ、よけいにうろたえた。

「……ごめんなさい。ちょっと緊張しちゃって」

「そんなに緊張するようなひとが来るんですか」

「そうじゃないんです。でも会ってもらうとなると……ああ、何か変なこと言いそう」

やはり普通ではいられない。仕事で京堂《きょうどう》警部補の前に立っているときのようだった。

そのとき、視界に待ちかねていたひとたちが見えた。瞳は立ち上がり、手を挙げた。

七重《ななえ》がすぐに気付き、彼女を連れて近付いてきた。

彼女は昼過ぎに会ったときと違って、藤色のワンピースに藤色のカーディガンを身に着けていた。違っているのは髪形だ。どうやら合間を縫って美容院に行ったらしい。きれいな銀髪が、優美に整えられていた。化粧もしてもらったようだ。目許を隠すサングラスも見慣れないデザインのものに掛け替えている。同じなのはいつも手にしている白杖《はくじょう》くらいだろうか。

気が付くと、新太郎も立ち上がっていた。驚いたように、眼を見開いている。その視線が瞳に移った。

「どうして？　どうしてあなたが、あのひとを？」

その言葉を聞いて、彼がこちらにやってくるのが誰なのか気付いていることがわかった。

彼女は七重にサポートされながら、しかししっかりとした足取りで歩いてくる。そしてふたりの前に立った。

「新太郎さんを、お連れしたわよ」

瞳は彼女に言った。彼女の頬に笑みが浮かぶ。

「はじめまして」

声をかけたのは、新太郎が先だった。

「お目にかかれて嬉しいです。菅沼絵美子さん」

そう言うと彼は、深々と一礼する。

「瞳が喋ったんですか。わたしのことは内緒にしておいてとお願いしましたのに」

笑みを浮かべたまま、彼女――絵美子は言った。

「わたしは何も――」

瞳が言いかけるのを、

「いいえ、簗山さんからは何も聞いていません」

新太郎が弁護した。

「でも、すぐにわかりました。その白杖で」

「あら、わたし、眼のことも話してませんのに」

「でも、書いてありました」

新太郎は言った。

「菅沼さんの文章を読んでいて、気付いたんです。視覚情報がまったくない。あってもそれは伝聞という形しか取っていないと」

「あらまあ、そうでしたかしら。そこまで読み取られてしまうとは思いませんでした」

「イラストを起こすために精読しましたから。『バードランドの子守唄』の作者であるジョージ・シアリングについて『親近感が湧いた』とも書いてますよね。あれはシアリングが盲目だったからでしょう？」

新太郎は瞳を見た。

「菅沼さんと簗山さんは、どういうご関係なんですか」

「姪です」

「伯母です」

絵美子と瞳は、同時に言った。

「姪御さん……あ、もしかして、あとがきに書いてあった『姪』って？」

「ええ、瞳のことです」

「僕のイラストのファンだったという……」

「ファンです。ずっと」

瞳は勢いで言った。

「そうだったのかあ。なんか嬉しいなあ」

新太郎はにこやかに笑った。

「それで、こちらの方は？」

「娘の七重です。なにくれとなく世話を焼いてくれてますの」

「母がお世話になりました」

七重が頭を下げる。

「いや、こちらこそ楽しい仕事をさせていただきました。でも菅沼さん、こちらにいらしてたのならサイン会にいらっしゃれば……ああ、失礼しました。余計なことを言いました」

「いいんですのよ。礼を欠いたのはわたしのほうですから」

絵美子は言った。

「ただ、どうしても人前に出るのは躊躇《ためら》われましてね。なにせ、こんな体ですので」

「お眼が不自由なことは、公表されていないんですね?」

「ええ。昔からそうしてます。わたしが仕事を始めた当時は、女というだけで特別視されましたの。ましてや眼が見えない者が健常者に伍《ご》して仕事をしているなんてことが公になったら、何を言われるかと思いまして」

その説明は瞳も前々から聞いていた。でもあまり納得はしていなかった。女云々については、昔と今とでは職場環境も違うから何とも言えないが、盲目であることは隠さなくてもよかったのではないかと思うのだ。恥じるべきことでも何でもないのだから。

「失礼ながらもしかして、それは広告に使われたくなかった、ということですか」

新太郎が言った。

「それもありますわね。賀川紅茶で五十年以上も紅茶のテイスティングを任されてきた紅茶鑑定士が眼の見えない女性とわかれば、マスコミの格好のネタにされるかもしれません。それが煩《わずら》わしかったんです」

　ああ、そういうことか。瞳はやっと理解した。眼が見えないことを恥じているのではなく、そのことで騒がれたくなかったのか。物心ついた頃から会ったり話したりしてきたのに、そんなことにも気付かなかったなんて。いささか、いや、かなり恥ずかしい思いがした。

「さあ、立ち話もなんですから、座ってお話しいたしましょう。新太郎さん、お時間はよろしいんですの？」

「一時間ほどでしたら。申しわけありませんが、帰って夕飯の支度もしなければなりませんので」

「あら、夕飯の？　あなたがお作りになるの？」

「ええ、妻の仕事が時間に不規則なもので」

「あらあら、結婚してらしたの？」

「はい」

「そうなの。まあ」

　大仰に絵美子は頷く。

　瞳は、知っていた。初体面のときに新太郎の左手薬指に銀の指輪があることに気付いたからだ。

「奥様のお仕事は？」

「公務員です」

「公務員でも不規則な時間で働かれるのですか」

「ええ、簗山さんと同じですよ」

そうかあ、と瞳は心の奥で嘆息する。新太郎さんの奥さんはわたしと同じ公務員で、しかも夕飯を作ってもらえるのか。なんて羨ましい。

「瞳、顔に出てる」

不意に七重が耳許で囁いた。

「え？」

「失恋しましたって」

「そ、そんな……！」

思わず声が出る。

「あら、どうしたの？」

絵美子が聞き咎めた。

「いえ、なんでも……」

瞳は口籠《くちご》もる。

違う。失恋なんてそんなはっきりとしたものではない。ただ、ちょっとときめいて、そして、ちょっと落ち込んだだけ。それだけだ。

それから一時間、談笑する伯母と新太郎を見つめながら、瞳は自分に言い訳を続けていた。

4

「築山が？　へえ」

景子《けいこ》は心底驚いたように声をあげた。

「まさか新太郎君と、そんな縁があったとはねえ」

「僕も意外だったよ」

ティーカップの温かみを確かめるように両手を添えながら、新太郎は答える。

「虎の子書房で築山さんを見かけたときに、まずびっくりしたけどね。どうしてこんなところにいるのかって」

「新太郎君、築山のこと知ってたっけ？」

「前に写真を見せてくれたじゃない」

「……ああ、そうだったわね」

「で、ちょうど本を使ったメッセージを見つけて、これは警察に知らせるべきかなって考えてたところだったから、ちょうどいいやって思って強引に手伝ってもらっちゃったんだけどね。築山さんには迷惑なことしたかな」

「いいんじゃないの。犯罪が未然に防げたんだし」

そう言って景子は紅茶を啜る。

「……あ、生姜《しょうが》」

「ジンジャーティーです。スライスして天日干しにした生姜を使ってみました。甘味が欲しかったら、これ」

テーブルに蜂蜜のボトルを置く。景子はそれをスプーン一杯分自分の紅茶に投入する。

「……うん、いい感じの甘さ。温まるわ。ところで新太郎君、築山には話したの?」

「何を?」

「わたしたちのこと」

「ううん。奥さんの名前は言わなかったし、仕事も公務員ってぼかしておいた。苗字も言わなかったから、景子さんのことは気付いていないと思うよ。言ったほうがよかった?」

「どっちでも。別に隠すことでもないしね」

そう言いながら、少し微笑む。

「でもまあ、知られたら知られたで、いろいろと騒がしくて煩わしかったけどね」

「菅沼さんと同じかな。だから僕のことは同僚たちにも話してないわけ?」

「まあ、ね。今更『わたしの夫はこんなひとなの』なんて話すのも、ちょっと恥ずかしいし」

笑いながら紅茶をもう一口。

新太郎は思いついたように自分のスマホを操作する。

「メール?」

「いや、聴きたい曲があってさ」

やがてスマホからピアノの旋律が流れてきた。

「ついさっき動画サイトで見つけたんだ。今度、菅沼さんにも教えてあげないとね」

「何の曲?」

「ディック・ハイマンの『僕の歌は君の歌』」

「ふうん」

軽やかなピアノの演奏を聴きながら、ふたりはしばらく黙ってジンジャーティーを楽しんだ。

解　説

熊崎　俊太郎
（紅茶鑑定士）

「紅茶」が全編に登場する作品集、ということで、現職の「紅茶鑑定士」が解説を書かせていただくことになりました。これもひとつの〝茶縁〟。とても嬉しい気持ちです。

さて、本書を読みおえた私は高揚感に包まれ、そして自分の仕事にも新たな刺激を受けました。

「それ、紅茶が出てくるからでしょ？」と思った方、実は違います（笑）。一連の短編に、もし紅茶が全く出てこなかったとしても、この読後感は変わらなかったでしょう。

私は、文芸やミステリの専門家ではない一介の乱読人間ですが、敢《あ》えて拙《つたな》い説明をしますと、本書のように連作短編の形式で、各話に本筋とは一見関係ない要素（本作では紅茶と音楽）を用いた導入部があり、最終的にはそれらが本筋の一部だったことが明らかになる……という構造を持つ作品が、とても好きなのです。

さらに、複数の要素が登場して相互に関係しつつ、小説全体に対して何らかの作用を及ぼしたり、そこに主題が隠されたりしている作品は、もう好物中の大好物。

こんな嗜好《しこう》の持ち主ですから、私が学生時代の紅茶好き・カフェ好きが高じて仕事に喫茶業界を選んだのちに、紅茶メーカーで修業し、紅茶鑑定士の道へと進んだのは自然な流れだったのかな、と思っています。

なぜなら、こういった物語を組み立てることと、紅茶をブレンドすることには、とても似た面があるからです。

手順として、まず味わいの土台となるベースの茶葉を、いわば舞台や基本進行に見立てて組み上げ、クセのある茶葉やハーブ・フルーツエッセンスなどの副素材を少量ずつ、登場人物や事件のような存在として個々の関係性を考えながら配置する感覚で調合し、完成品の味や香りが持つ〝記憶の喚起力〟（本シリーズ中にも多くの示唆《しさ》がありますね）によって、飲む方の口中に、まるで物語や想い出の光景を幻出させるかのような製品づくりを行う……とてもやりがいのある仕事です。

このように紅茶（そしてお茶全般）には、物語を紡ぐこと、それをひもといて何かを感じることに似た面があります。また、あわせて記憶を喚起する力も期待できるわけですが、これらの諸相から、音楽との類似性を指摘されることも多いのです。私も様々なテーマで音楽と紅茶を意図的に交錯させ、そこに見て取れる共通項を体感していただく喫茶イベントを継続して行い、確信を深めています。

皆さまも本書『ミステリなふたり　あなたにお茶と音楽を』を読み終えてから振り返ってみると、本作の構成要素に「紅茶」と「音楽」が選ばれていることは、意味深いことだと改めて感じられることでしょう。

登場する楽曲については、現在はインターネットなどですぐに入手して耳にすることができます。いずれも物語を象徴しつつ、懐かしさと心地よさのある曲が選ばれています。音楽好きの方はBGMに、ぜひ。

そしてもちろん、「紅茶の出てくるストーリー」にジャンルを問わず関心のあるかたにも強くおすすめです。

以下、少し内容に触れますのでご容赦ください。

まずは、作中に毎回出てくるエッセイの文章が素敵です。現職の紅茶鑑定士として、経験上、確かにこういう感情の発露はあるな、と共感できるもので、読んでいて胸に迫るものを覚えました。どなたか私の同業者に密着取材をしたのではないかと思うほどで、これぞ相手の立場や気持ちを考えて書かれたもの、と心を打たれました。

同時に、茶葉や淹れ方の知識、レシピなど、入門的な位置づけの情報がストーリーに組み込まれていることは「どうやったら皆さまにもっと紅茶に関心を持って親しんでいただけるか……」と日々悩み、啓発に苦労している立場からすると、とてもありがたいことです。

ちょっとだけ出しゃばってコメントを。何よりティーバッグに関するくだりには、ぜひ皆さまに知っていただきたい長所が正しく説明されていることに大感謝です。そしてアールグレイという紅茶についても、その一風変わった背景と面白さが、さりげなく伝わってきて嬉しい限りです。

また、ロイヤルミルクティーは作中で「回想シーン」のレシピが基準になっていますが、ここは補足させていただきますと、茶葉を少量の熱湯で蒸らしてから牛乳を加えて煮る方法が、どちらかといえば現在の主流になっています。

とはいえ「紅茶に正解ナシ、ただその時その場での最適アリ」という考え方がとても大切です。皆さまもぜひ、作中に登場する紅茶レシピを実際に再現し、読書のおともに味わってみてください（私は全部やってみました）。

もう一つ補足を。「紅茶鑑定士」の実際の仕事には、製品の原料となる茶葉の品質鑑定（テイスティング）と、製品化のための調合・新製品の開発（ブレンド）の両面があり、そのため近年では、ティーテイスターあるいはティーブレンダーと、状況に応じて名乗りを使い分けています。

紅茶や音楽、そして料理だけでなく、これまでも、太田先生は実に様々な分野のことに関心をお持ちの方で、同時に作品に活かす視点でも熱心に情報収集されているのだろうな……と思っていましたが、本書のように自分の専門分野が取り上げられてみると、改めてそのことが感じられ、さらに、ストーリーと不可分になるよう心を配っておられるのが伝わってきて、作品を楽しむのとは別に、私の大きな関心事である「紅茶のリテラシー」についても、個人的にとても勉強になりました。

紅茶についてはここまでにしまして、別の角度から。「ミステリなふたり」シリーズは、料理シーンが与えるリズム感がシリーズの魅力になっていると思います。

いわゆる安楽椅子探偵ものは、本来ひとりの探偵が行う行動（外部）と推理（内部）を、あえて物理的に役割を分けることで、ストーリーとキャラクターをより魅力的なものにしていますよね。

当然、外で行動する役と、家で推理する役とのコミュニケーションが重要で、またそのやり取りが面白さを膨らませてくれるわけですが、このシリーズでは、京堂《きょうどう》警部補という行動役が情報をもたらすだけでなく、妻・景子《けいこ》さんとして休息し活力を取り戻すために夫・新太郎《しんたろう》君の作る料理を食べながら解決を提示される、という構図になっています。

しかも、紋切り型の表現ですが「年上、冷徹で直情的、美味《お》しく食べる男勝りの美人女性刑事」と、「年下、家事能力が高く柔和、楽しく料理する思慮深いイケメンイラストレーター」という素敵なコントラストの配役！　太田先生ならではの、設定の妙がここにもみられます。

新太郎の料理は、もちろんシリーズ全体に出てきますし、そのメニュー内容や描写なども印象的ですが、全体を通してみると料理や食事のシーン自体はごく短いものです。しかし、メニューの内容や食材、調理方法が新太郎のひらめきのきっかけになっていることが多く、当然ながら、読者としてはつい、その流れに注意が行ってしまうでしょう。この仕掛けがある種の「レッド・ヘリング」となって、物語を読み進める流れにメリハリをつけてくれる面白さと、殺人など人の一生を左右する非日常的な事件に潜む謎を振り返り整理する場が、日常の究極ともいえる家庭料理の食事の場である、という対極性。こういったリズム感が、どの物語も短編でありながら、長編を読んだときの満足感に近い味わいを出しているのかな、とも思いました。脱線になりますが、ミステリは細部にトリックが仕掛けられているので、熟読が基本。普段は食に関心の薄い方にも、料理の世界が持つ食材や調理法、盛り付けなどの多彩な魅力を伝えてゆくきっかけとしてミステリという手法はかなり有効なのでは、などと欲張りなことも考えてしまいました。

さて、ミステリの根本的な魅力は、社会矛盾や人間心理の複雑さや奇妙さに改めて思いを馳せることだと私は思っていますが、もちろん探偵が大活躍するシーンには心躍ります。特に探偵が思考するプロセスに寄り添いながらストーリーを味わう快楽は、醍醐味《だいごみ》といえましょう。そして古今東西、名探偵の多くがそれぞれ個性的な人物像や背景を持ち、それと結びついた能力や小道具を駆使しています。

このシリーズの探偵役である新太郎の場合は、料理に目が行きがちですが、私がみるところ、彼の探偵としての能力の本質は、才能あるイラストレーター、という設定にあると考えます。絵の上手な方、さらにその技術を磨いている方は、情報を脳内で視覚化することに長けています。同時に観察力が高く、無意識にでも多くのものに注意を払っているため、ちょっとした手がかりをきっかけに位置関係などの矛盾を見つける力を発揮する方が多いと常々感じています。

新太郎はイラストの才能に加えて、記憶力も論理的思考もなかなかのものを見せていますので、探偵の資質としては十分。

加えて料理が得意というのは効率的で合理的な手順が身についているということで、結果として時系列の把握に長けている、ということでもあります。

こういった設定が、本シリーズの探偵役の能力を成立させているのではないでしょうか？

しかもこの連作においては、新太郎が淹れるお茶が、ある人物の味覚の記憶と重なることで、全体の味わいをより深く、つながりのあるものにしていることになります。このキャラクターには、読み終えてからさらに大きな感慨を覚えました。

と、ここまで書いて料理上手と推理的資質との関係についてもじっくり考えてみたくなりましたが、それはまた別の機会にいたしましょう。

それからシリーズ中、新太郎の日常生活が随所で描かれていますが、現代的な男性のロールモデルとしては最良のひとりだなあ、としみじみ感じています。これもまた、新しい時代の探偵のありかたなのでしょう。

今回、とても素敵な「紅茶と読書のひととき」を持たせていただき感謝しています。殊《こと》に作中の一節は、これからの仕事に新たな励みとなりました。

「紅茶を飲めばいつでも、今はいなくなったひとたちとまた再会することができるからだ」

〈ミステリなふたり〉シリーズ一覧

1『ミステリなふたり』幻冬舎（2001）
　→『ミステリなふたり』幻冬舎ノベルズ（2003）
　→『ミステリなふたり』幻冬舎文庫（2005）

2『誰が疑問符を付けたか？』幻冬舎（2008）
　→『もっとミステリなふたり　誰が疑問符を付けたか？』幻冬舎文庫（2011）

3『ミステリなふたり　à la carte』創元クライム・クラブ（2013）
　→『ミステリなふたり　ア・ラ・カルト』創元推理文庫（2016）

4『ミステリなふたり　あなたにお茶と音楽を』創元クライム・クラブ（2018）
　→本書

5『やっぱりミステリなふたり』幻冬舎文庫（2019）

本書は二〇一八年、小社より刊行された作品の文庫版です。

著者紹介　1959年愛知県生まれ。81年「帰郷」が「星新一ショートショート・コンテスト」で優秀作に選ばれた後、90年に長編『僕の殺人』で本格的なデビューを果たす。狩野俊介、ミステリなふたり、名古屋駅西喫茶ユトリロなど人気シリーズのほか『奇談蒐集家』『刑事失格』『星街の物語』など著作多数。

検印
廃止

ミステリなふたり
あなたにお茶と音楽を

2020年5月29日　初版

著者 太《おお》田《た》忠《ただ》司《し》

発行所（株）東京創元社
代表者 渋谷健太郎

162-0814/東京都新宿区新小川町1-5
電話 03・3268・8231-営業部
03・3268・8204-編集部
URL http://www.tsogen.co.jp
モリモト印刷・本間製本

乱丁・落丁本は，ご面倒ですが小社までご送付ください。送料小社負担にてお取替えいたします。

ISBN978-4-488-49012-6　C0193

その友情、いつまで？

BEST FRIENDS FOR NOW◆You Ashizawa

今だけのあの子

芦沢央

創元推理文庫

◆

新婦とは一番の親友だと思っていたのに。
大学の同じグループの女子で、
どうして私だけ結婚式に招かれないの……
（「届かない招待状」）。
「あの子は私の友達？」
心の裡にふと芽生えた嫉妬や違和感が積み重なり、
友情は不信感へと変わった。
「女の友情」に潜む秘密が明かされたとき、
驚くべき真相と人間の素顔が浮かぶ、
傑作ミステリ短篇集全五篇。

収録作品＝届かない招待状，帰らない理由，
答えない子ども，願わない少女，正しくない言葉

大人気シリーズ第一弾

THE SPECIAL STRAWBERRY TART CASE◆Honobu Yonezawa

春期限定いちごタルト事件

米澤穂信

創元推理文庫

◆

小鳩君と小佐内さんは、
恋愛関係にも依存関係にもないが
互恵関係にある高校一年生。
きょうも二人は手に手を取って、
清く慎ましい小市民を目指す。
それなのに、二人の前には頻繁に謎が現れる。
消えたポシェット、意図不明の二枚の絵、
おいしいココアの謎、テスト中に割れたガラス瓶。
名探偵面などして目立ちたくないのに、
なぜか謎を解く必要に駆られてしまう小鳩君は、
果たして小市民の星を掴み取ることができるのか？

ライトな探偵物語、文庫書き下ろし。
〈古典部〉と並ぶ大人気シリーズの第一弾。